행복한
오늘이
참좋다

행복한 오늘이 참 좋다

지은이 | 윤성　　펴낸이 | 최병섭　　펴낸곳 | 이가출판사
초판 1쇄 발행 | 2015년 7월 15일
출판등록 | 1987년 11월 23일
주　　소 | 서울시 영등포구 도신로 51길 4
대표전화 | 716-3767　　팩시밀리 | 716-3768
E-mail | ega11@hanmail.net
ISBN | 978-89-7547-099-8 (03810)

행복한 오늘이 참좋다

글 | 윤성

이가출판사

머리말…

　우리는 기쁨을 빼놓고 행복을 말할 수 없다. 하지만 행복이 기쁨인 것은 아니다. 아무리 큰 기쁨일지라도 오래 지속되지는 않는다. 기쁨은 일시적인 감정이다. 매일매일 기쁜 일이 반복된다고 꼭 행복한 것은 아니다. 사람은 환경에 빠르게 적응하기 때문에 기쁨을 계속 느끼려면 어제보다 더 즐거운 일이 매일매일 계속되어야 하지만 그것은 현실적으로 불가능하다.

　그렇게 보면 행복은 순간적인 감정이 아닌 장기간 지속되는 기분이다. 행복은 즐거움이나 기쁨보다는 오히려 특별한 사건이 없는 편안한 상태라고 말하는 것이 바른 표현일 것이다. 우리는 직장, 가족, 건강 등 자기 삶에 대한 만족도가 높은 상태를 행복하다고 말한다. 물론 만족한 상태에는 기쁨과 같은 긍정적인 감정이 필요하다. 그래서 행복한 날은, 특별한 사건이 없는 만족과 즐거움을 느끼는 편안한 날이라고 말하면 모두가 수긍할 것이다.

하지만 우리는 매일매일 소란스러운 세상에서 삶의 때를 묻히며 살고 있음이 사실이다. 숨 가쁜 일상과 낯선 사람들과의 만남으로, 아등바등 목적지를 향한 살벌한 경쟁으로 몸에 밴 것은 실망과 스트레스로 찌든 얼룩이다.

그래서 우리는 지금보다 나아지기를 그리고 행복해지기를 소망한다. 행복은 무작정 염원한다고 해서 얻어지는 것이 아니다. 하루하루 반복되는 일상 안에 이미 담겨져 있다. 무모할지언정 치마에 햇살 가득 담아 할머니에게 선물하는 손녀의 따뜻한 마음이, 마지막이 될지 모를 가을에 국화꽃 베개를 만드는 아버지의 사랑이, 사랑하는 어머니를 위해 수선화 꽃밭을 선물하는 딸의 정성이 만들어내고 있다. 그리고 쉽게 지나치는 인정과 관심과 배려 속에 꼭꼭 심어져있다.

누구나 예외 없이 강요받은 버거운 삶을 짊어진 채 사는 지금, 빛과 소금 같은 이야기들을 가슴마다 파종하고 싶다. 모두가 소소한 일상 속에서 자신의 기쁨을 꽃피우고 행복한 오늘을 가꾸는 계기가 되기를 바라며….

c·o·n·t·e·n·t·s

1 햇살을 선물하는 소녀

2 소중한 사람이 남긴 선물

3 나누며 살아가는 아름다움

4 변하지 않는 영원한 사랑

풍파는 언제나 전진하는 자의 벗입니다. 고난 속에 성취하는 인생의 기쁨이 있습니다. 풍파 없는 항해! 얼마나 단조롭습니까! 역경에 부딪힐수록 부딪히는 자의 가슴은 뜁니다.

1

햇살을 선물하는 소녀

희망을 선물하는 구둣가게

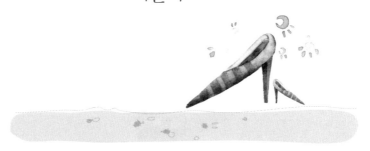

영국의 한 작은 마을에 '로사 슈즈'라는 구둣가게가 있었습니다. 로사슈즈는 구두를 파는 것뿐만 아니라 그 해 최고의 그랑프리상을 수상한 구두들을 선보이는 아주 특별한 가게였습니다.

그곳에서 일을 하는 수지와 헤라 자매는 새롭게 선보이는 최고의 구두를 보는 재미로 하루하루 즐겁게 보낼 수 있었습니다. 사실 재벌가의 부인들이나 신어볼 비싼 구두를 매일 보고 만져볼 수 있다는 것이 그리 흔한 일은 아니었습니다. 더군다나 이따금 구두를 신어보는 재미도 있어 그녀들은 구둣가게에서 일하는 것이 아주 행복했습니다.

주인인 로사 부인은 평소 고객들의 구두를 친절하게 신겨주고 벗겨주며 열의를 다하는 자매를 기특하게 생각하고 있었습니다.

수지와 헤라는 하루 종일 서서 고객을 상대해야 히기 때문에 평소에 다리가 몹시 아팠습니다. 하루 가운데 가장 한가한 때인 오후 3시가 되어야 자매는 잠시 차 한 잔 마시면서 쉴 수 있었습니다. 홍차티백 때문에 붉게 물든 유리컵을 바라보던 수지가 말했습니다.

"나는 이 홍차티백처럼 향기가 나는 구두를 만들고 싶어. 구두에서도 향기가 나면 얼마나 좋겠어."

"호호호, 그럼 그 구두가 잘 팔릴까? 이곳에 오는 고객들은 사실 싸구려 홍차 같은 것은 거들떠보지도 않는 귀부인들이잖아."

"난 생각이 달라. 무조건 화려하고 비싸다고 해서 고객들이 찾아오는 것만은 아니잖아. 그들은 자기 드레스에 어울리거나 계절에 맞는 구두라면 기꺼이 사가잖아."

순간 수지는 곧 다가올 헤라의 생일이 걱정되었습니다. 평소 헤라에게 멋진 선물을 해주고 싶었지만 형편이 되지 않아 그럴 수가 없었습니다.

"이번 생일날 어떤 선물을 받고 싶어?"

수지의 물음에 헤라가 잠시 머뭇대더니 손으로 한쪽을 가리켰습니다.

"저 위에 놓인 핑크색 구두를 갖고 싶지만….."

사실 헤라는 매일 아침 로사 부인이 자리에 없을 때면 몰래 그 구두를 신어보곤 하였습니다. 그 사실을 수지도 잘 알고 있었지만 그 구두는 1년치 월급을 주어야만 살 수 있는 아주 비싼 구두였습니다.

다음 날 로사 부인은 자매와 차를 마시면서 평소 구두에 많은 관심을 갖고 있는 수지에게 물었습니다.

"수지! 만약에 네가 구두를 만든다면 어떤 구두를 세상에 내놓고 싶지?"

"홍차티백처럼 향기가 나는 구두를 만들고 싶어요. 이곳에 오시는 부인들은 나름대로의 아름다움과 향기를 지니고 있었어요. 저는 그것을 표현하고 싶어요."

로사 부인이 호기심어린 눈으로 물었습니다.

"그런데 왜 하필이면 홍차지? 귀부인들에게는 흔한 홍차보다는 값비싼 향수가 더 어울리지 않을까?"

그러자 수지가 자신 있는 태도로 말했습니다.

"전 세계에서 홍차를 가장 많이 마시는 사람이 바로 영국인들이에요. 물론 귀부인들은 흔한 홍차를 애용하지는 않지요. 그보다 더 귀하고 향이 고운 차를 선호할 테니까요. 하지만 자신이 체험해보지 못한 홍차 향을 맡게 된다면 그것이 신선한 것이 될지도 모른다고 생각했어요."

수지의 명료한 대답에 로사 부인은 매우 흡족해했습니다. 그녀는 곧 지배인에게 상자 하나를 갖고 오게 했습니다. 지배인이 가져온 상자 안에는 헤라가 그토록 갖고 싶어 하던 핑크색 구두가 담겨 있었습니다.

　"내가 수지와 헤라를 얻은 것은 축복이라고 생각해. 그래서 주는 작은 선물이니 받아주지 않으련?"

　"정말 고맙습니다."

　로사 부인이 직접 구두를 내밀자 헤라는 너무 행복해 말을 잇지 못했습니다. 그 모습을 바라보던 수지도 기쁨을 감추지 못했습니다.

　로사 부인은 수지에게도 선물을 준비했습니다.

　"그리고 수지는 이곳 로사 슈즈의 전문 매니저로 임명할 테니 앞으로도 더욱 열심히 일해 줄 수 있겠지?"

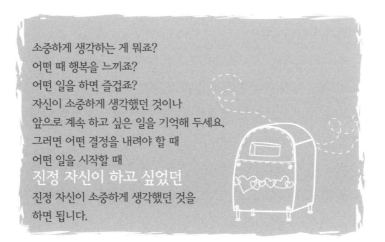

소중하게 생각하는 게 뭐죠?
어떤 때 행복을 느끼죠?
어떤 일을 하면 즐겁죠?
자신이 소중하게 생각했던 것이나
앞으로 계속 하고 싶은 일을 기억해 두세요.
그러면 어떤 결정을 내려야 할 때
어떤 일을 시작할 때
진정 자신이 하고 싶었던
진정 자신이 소중하게 생각했던 것을
하면 됩니다.

아름다운 배 뒤에 숨은 고난의 항해

　세계적인 항구 도시인 스페인의 바르셀로나에는 무려 천 년의 역사를 자랑하는 유명한 조선소가 있습니다. 언제부터인가 스페인을 방문하는 관광객들에게는 반드시 들러야 하는 명소가 되었습니다.

　더욱 유명해진 것은 조선소가 처음 문을 연 뒤 지금까지 각지로 보내진 배와 똑같은 모형을 축소 제작하여 전시해놓은 까닭입니다. 그리고 그 배가 항해하면서 겪었던 일들과 운명 따위를 모형 배에 새기도록 하였습니다.

　어느 날, 한 무리의 관광객이 조선소에 도착했습니다. 그들은 우선 엄청난 규모의 조선소 시설에 놀라움을 금하지 못했습니다. 그들은 관광가이드의 설명에 따라 천천히 조선소를 구경하였습니다.

"바로 이곳이 모형 배를 전시해놓은 특별전시관입니다."

가이드의 말에 관광객들은 탄성을 질러댔습니다. 전시관의 규보뿐만이 아니라 엄청난 양의 모형 배가 가득했기 때문이었습니다.

가이드의 설명이 이어졌습니다.

"처음에는 전시관이 작은 창고 수준이었지만 현재는 10만 척이 넘는 모형 배를 전시한 웅대하고 가치가 높은 장소가 되었습니다."

전시관 안으로 들어온 관광객들은 저마다 탄성을 아끼지 않았습니다.

"어쩜, 너무도 실감나고 정교하게 만들었어!"

"이렇게 많은 배들을 한눈에 볼 수 있다니 믿어지지가 않아!"

그때 한 사람이 무언가를 발견하고는 큰소리로 외쳤습니다.

"저길 좀 봐! 스페인 공주라는 이름의 모형 배에 글자가 새겨져 있어!"

그 말에 모두들 그쪽으로 몰려갔습니다. 가이드가 친절하게 설명해주었습니다.

"여기에 전시된 모형 배에는 원래 배의 역사가 고스란히 새겨져 있습니다. 제가 읽어드리겠습니다."

가이드가 모형 배에 새겨진 글자를 큰소리로 또박또박 읽었습니다.

"이 배는 30년 동안 항해를 하면서 열 번의 빙하를 만났고, 다섯 번 해적선의 공격을 받았습니다. 또한 일곱 번이나 다른 선박과 충돌했으며 스무 번이 넘는 고장 끝에 좌초되었습니다."

배가 그동안 겪어왔던 세월과 고난의 역사가 모두 담겨 있었습니다.

관광객들은 저마다 고개를 끄덕이며 천천히 다른 곳으로 이동했습니다. 전시관 맨 안쪽 벽면에는 지난 천 년 동안 이 조선소에서 만들어진 배들에 대한 역사가 적혀있기도 했습니다.

이번에도 친절하게 가이드가 적힌 글을 읽어 주었습니다.

"이곳 조선소에서 그동안 제작해 각지로 보내진 10만 척의 선박 가운데 6천 척은 바다에서 침몰했다. 또한 9천 척은 심하게 파손되어 다시 항해를 할 수 없게 되었고 6만 척은 스무 번이 넘는 큰 재난을 겪었다. 항해를 하면서 상처를 입지 않은 배는 단 한 척도 없었다."

관광객들은 하나의 깨달음 앞에 오랫동안 서 있었습니다. 이곳 전시관은 본래의 의미를 뛰어넘는 소중한 배움터였기 때문입니다. 배와 사람이 오랫동안 함께 해온 탐험정신과 풍랑의 고된 역사를 말해주는 산실이기도 했습니다.

그래서 이곳은 스페인에서 가장 이름 있는 관광지가 될 수 있었습니다. 또한 스페인 후손들에게는 인간정신과 한 치의 앞도 예측할 수 없는 바다를 가르쳐주는 교과서 역할도 할 수 있었습니다.

"누가 어떤 재료로 어떻게 만들었든 드넓은 바다로 나간 배는 모두 상처를 입고 재난을 피하지 못했다."

10만 척의 배가 간직한 파란만장한 역사 속에서 스페인 사람들은 이와 같은 교훈과 지혜를 얻을 수 있었습니다.

인생의 목적은 끊임없는 전진에 있습니다. 앞에는 언덕이 있고, 강이 있고, 진흙탕도 있습니다. 걷기가 좋은 길만 있는 것은 절대 아닙니다. 먼 곳으로 항해하는 배가 풍파를 만나지 않을 수는 없습니다.
풍파는 언제나 전진하는 자의 벗입니다.
고난 속에 성취하는 인생의 기쁨이 있습니다. 풍파 없는 항해! 얼마나 단조롭습니까! 역경에 부딪힐수록 부딪히는 자의 가슴은 뜁니다.

시간을 수놓는 수선화 꽃밭

"엄마, 아주 아름다운 수선화 꽃밭이 있는데 같이 구경 가요."

결혼을 해 지방에서 살고 있던 딸이 불쑥 찾아와 꽃구경을 가자는 말에 그녀는 생뚱맞은 기분이 들었습니다. 더군다나 산꼭대기에 수선화 꽃밭이 있다니 더더욱 낯설기만 했습니다.

삼 년 전 남편이 먼저 세상을 떠나고 두 딸은 모두 시집을 가서 텅 빈 집에 혼자 사는 그녀는 무료한 일상을 보내고 있었습니다.

"엄마, 매일 집에서 돌아가신 아빠 생각만 하면 뭐해요? 이제는 엄마가 하고 싶었던 일들도 하면서 지내세요."

결국 딸의 간청에 집을 나선 그녀는 직접 운전을 해서 그곳으로 향했습니다.

산길은 짙은 안개로 자욱해 십 미터 앞도 구별할 수 없을 지경이었습니다. 산세마저 험하고 초행길이라 그녀는 짜증이 나기 시작했습니다. 겨우 안개길을 뚫고 산 정상에서 가까운 주차장에 차를 주차하고 정상을 향해 오르기 시작했습니다. 자슴 딸의 말만 믿고 온 것이 후회스러워졌습니다. 하지만 이왕 여기까지 왔으니 신선한 바람이라도 쐬고 가자는 쪽으로 마음을 돌렸습니다.

"엄마, 바로 저기예요!"

정상에 막 올랐을 때 딸이 소리쳤습니다. 그곳을 내려다보는 순간 그녀는 숨이 멎는 듯했습니다. 정상 바로 아래로 초록의 숲이 우거진 골짜기에 정말 노란 물결의 수선화 꽃밭이 그림처럼 펼쳐져 있었습니다.

누가 이런 인적 드문 산꼭대기에 아름다운 꽃밭을 만들어 놓았는지 궁금했습니다. 그녀는 꽃밭을 향해 천천히 내려갔습니다. 딸은 뒤에서 그런 어머니를 물끄러미 바라보기만 했습니다.

꽃밭 한가운데로 좁다란 길을 따라 조금 더 걷다보니 자그마한 집 한 채가 있었습니다. 그 집 입구에 푯말이 있었는데 이런 글이 적혀있었습니다.

'당신이 지금 무엇을 궁금해 하는지 잘 알고 있습니다. 당신의 궁금증을 해결해드립니다.

첫째, 한 여자가 작고 아름다운 꽃밭을 만들 생각으로

둘째, 틈틈이 남는 시간을 이용하여 두 손으로

셋째, 1958년부터 시작함.'

그녀는 푯말 앞에서 오랫동안 생각에 잠겨 서있었습니다.

'누군지 모르지만 오래 전부터 혼자서 그토록 정성을 다해 이 꽃밭을 만들었구나."

그녀는 걸음을 돌려 딸과 함께 산을 내려오면서 상념에 사로 잡혀 있었습니다. 시간이 감에 따라 그녀의 가슴은 뜨거운 무언 가로 채워지기 시작했습니다. 그곳에서 보았던 수선화 꽃밭처 럼 눈에 보이는 모두가 감동의 물결 그 자체였습니다.

"50년 가까운 세월 동안 남모르게 하루같이 쉬지 않고 아름 다운 꽃밭을 가꾸어온 여인. 내게도 처음부터 이런 꿈이 있었다 면…. 하루에 조금씩 무언가를 만들어갈 수 있는 내게도 그런 꿈이 있었지. 꿈이 있었어!"

그녀는 자신을 휘어잡는 감동이 다름 아닌 삶에 대한 새로운 깨달음이란 것을 알 수 있었습니다.

"엄마도 늦지 않았어요. 내일부터 아니 오늘부터 당장 무언가 를 시작하세요!"

그녀의 입가에 어느 새 환한 미소가 걸렸습니다.

뭘 기다리고 있습니까? 앞뒤는 깜깜한데.
시간이 지날수록 호흡이 힘들어지는데.
누군가가 다가와 구해줄 때까지 기다리고 있는 겁니까?
신은 행동하지 않는 자에게서 등을 돌리십니다.
에베레스트를 정복한 자들은 발로 걸어서 올라갔지 기도만으로 혹은
기다림으로 올라가지는 않았습니다.

햇살을 선물하는 소녀

할머니를 무척 사랑하는 아이가 있었습니다. 그러나 어느 날부터 할머니는 너무나 나이가 들어 바깥으로 산책을 나갈 수 없게 되었습니다. 할머니와 함께 햇살 가득한 뜰을 산책할 수 없게 된 아이는 크게 실망하고 말았습니다. 게다가 해님은 매일 아침이면 남쪽 창으로 들어와 집안을 밝게 비춰 주었지만 할머니의 방에는 해님이 전혀 들어오지 않았습니다. 아이는 아버지에게 물었습니다.

"해님은 왜 할머니의 방에는 들어오지 않는 거예요?"

"해님은 북쪽 창으로는 들어오지 못한단다."

"아빠, 그렇다면 집을 한바퀴 돌려서 할머니 방을 남쪽으로 하면 되잖아요. 예?"

"하지만 집이 너무 커서 쉽게 돌릴 수가 없으니 어쩌지?"

"그러면 할머니 방에는 해님이 들어올 수 없는 거예요?"

"그렇단다. 하지만 네가 할머니 방으로 해님을 옮겨다 드리면 어떨까?"

그 말을 들은 아이는 어떻게 하면 할머니의 방으로 해님을 가지고 갈 수 있을까 하고 열심히 생각했습니다.

다음 날 아침, 정원에서 놀고 있던 아이는 자신의 머리에 해님의 따뜻한 빛이 내리쬐는 것을 느꼈습니다.

'그래, 해님을 치마에 담아서 할머니 방으로 가져다 드리면 되겠다.'

아이는 얼른 치마를 펼쳐 해님을 가득 담아 할머니의 방으로 달려갔습니다.

"할머니, 이것 보세요. 해님을 담아 가지고 왔어요."

그러나 내려다본 치마는 언제 그랬냐는 듯 밝은 해님의 흔적조차 없었습니다. 아이는 실망하여 울음을 터뜨리고 말았습니다.

"해님이 도망가 버리고 말았어. 내가 할머니에게 선물하고 싶었는데."

"아가야 실망하지 말거라. 해님은 네 눈 속에서 빛나고 있으니까. 네가 할머니 곁에만 있어준다면 나는 해님이 따로 필요 없단다."

아이는 자신의 눈 속에 해님이 빛나고 있다는 말이 무슨 뜻인지 알지 못했습니다. 하지만 할머니가 기뻐해 주셨기 때문에 울음을 멈추고 금방 얼굴에 미소가 가득해졌습니다.

그리고 매일 아침 해님이 떠오르면 아이는 자신의 몸 가득히 해님을 담아서 할머니의 방으로 달려갔습니다.

가족이나 이웃에 대한 우리의 따스한 관심이 우리들 모두에게 더 큰 사랑이 되어 돌아온다는 것을 우리는 압니다.

우리가 표현하는 하나하나의 사랑스런 말과 행위는 우리 자신뿐만 아니라 다른 사람들의 가슴 속에서도 기쁨으로 남을 것입니다. 사랑을 줄 때 주저하지 마십시오.

행복을 찍어주는 사진관

"행복을 담아드립니다."

이는 체코 모라비아 지방의 한 작은 마을에 있는 사진관 입구에 걸려있는 문구입니다. 사진관 주인은 몇 년 전 화재로 부모는 물론 아내와 두 딸을 모두 잃어버린 불행한 사람이었습니다.

사고가 난 후 그는 남은 재산을 모두 정리해 그 자리에 자그마한 사진관을 차렸습니다.

체코 사람들은 무뚝뚝하기로 소문나 있지만 이 사진관만 오면 미소가 풍부한 다정한 사람들로 변하기 시작했습니다.

사람들은 기념일에는 어김없이 사진관으로 찾아왔습니다.

"벌써 우리 아이의 여섯 번째 생일이지 뭐예요. 이번에 새 옷을 샀는데 기념으로 사진을 찍고 싶어서요."

"오늘이 결혼 5주년인데 그동안 사진을 찍지 못한 게 후회가
돼서요."

"오늘 지 첫 출근하는 날입니다. 기념으로 멋시게 한 상 찍어
주세요."

저마다 사연은 다르지만 행복한 미소로 그를 찾을 때면 그는
한없는 행복을 느낄 수 있었습니다.

사람들이 간직하고 남기고 싶어 하는 순간의 행복을 사진으
로 남기는 일이야말로 최고의 축복이라고 생각했습니다. 그래
서 자신을 이 세상에서 가장 행복한 사람이라고 믿었습니다.

겨울이 시작되었습니다. 거리는 사람의 모습은 볼 수 없고 매
서운 칼바람만 불었습니다. 혼자 지키고 있는 그의 사진관은 더
욱 춥고 외로웠습니다. 며칠 동안 혼자 무료하게 보내던 그는
저녁 무렵에야 오늘이 자신의 생일이라는 것을 깨달았습니다.

자신의 생일날이면 두 딸이 천사처럼 등 뒤에서 나타나 눈을
가리며 '아빠 생일 축하해요!' 라고 소리치던 모습이 생생했습
니다. 그의 눈가에 어느새 눈물이 고였습니다.

그는 촛불로 식탁을 밝히고 빵과 스프로 생일상을 대신했습
니다.

그가 마지막 남은 스프를 막 떠먹으려는 순간 사진관 문을 세
차게 두드리는 소리가 들렸습니다.

"누구세요?"

그는 자리에서 일어서며 소리쳤습니다. 그런데 밖에서는 아

무런 반응이 없었습니다. 그가 문을 조심스럽게 열자 사람의 그림자가 보였습니다. 하얀 털모자를 눈까지 내려쓴 두 명의 소녀와 흰색 코트를 입은 부인이었습니다.

순간 그는 그 자리에 얼어붙고 말았습니다. 문 밖에서 오들오들 떨고 있는 사람은 그가 그토록 그리워하던 아내와 두 딸이었습니다.

"너무 추워요. 안으로 들어가도 될까요?"

그때서야 정신을 차린 그는 황급히 세 사람을 안으로 안내했습니다. 그는 지금이 꿈이라면 제발 깨지 않기만을 빌었습니다.

난롯가로 온 세 사람은 언 몸을 녹였습니다. 잠시 후 한 아이가 한쪽에 세워져 있는 사진기를 발견하고는 말했습니다.

"엄마, 저거 사진기 맞아요? 우리도 사진 찍어요!"

그러자 부인이 온화한 미소를 보이며 그에게 말했습니다.

"죄송하지만 저와 두 딸을 위해 사진을 찍어주실 수 있어요?"

그는 기꺼이 찍어주겠다며 준비를 하는데 차츰 몸이 무거워지고 정신이 혼미해지기 시작했습니다. 그리고 잠이 쏟아지면서 눈앞이 캄캄해졌습니다.

잠시 후 정신을 차린 그는 주위를 살폈습니다. 이미 아침이 밝아온 듯 창밖은 훤하게 변해 있었습니다. 눈도 그쳤고 오랜 만에 밝은 햇살이 창문을 통해 눈부시게 비쳐오고 있었습니다.

아내와 두 딸의 모습은 보이지 않았습니다.

'아, 꿈이었구나!'

그는 설마 하는 마음으로 사진기의 필름을 살펴보았습니다. 역시 필름에는 아무것도 찍혀있지 않았습니다.

그는 사진관 현관과 창문을 활짝 열었습니다. 차갑지만 그다지 싫지 않은 신선한 공기가 실내로 가득 들어왔습니다. 그는 가슴을 펴며 심호흡을 했습니다. 그동안 가족을 그리워한 시간들이 전혀 아깝지 않다는 생각을 했습니다. 그리고 언제든지 그리운 가족을 볼 수 있다는 마음에 행복했습니다.

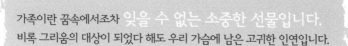

가족이란 꿈속에서조차 잊을 수 없는 소중한 선물입니다.
비록 그리움의 대상이 되었다 해도 우리 가슴에 남은 고귀한 인연입니다.

광산에 핀 하얀 꽃

깊은 산골에 있는 광산촌에 한 젊은 기자가 취재를 오게 되어 광부의 안내를 받아 직접 갱 속을 구경하게 되었습니다.

머리에 안전모를 쓰고 지하 철로를 따라 한참을 갱 속으로 들어간 젊은 기자는 연신 플래시를 터뜨리며 사진을 찍어대느라 정신이 없었습니다.

그러나 점차 갱 속 깊숙이 들어갈수록 숨도 제대로 쉴 수 없을 정도로 답답했으며 주위는 온통 검은 석탄 덩어리여서 플래시가 터질 때마다 검은 석탄 가루가 풀풀 날렸습니다. 마침내 갱 속의 제일 깊은 곳에 다다른 젊은 기자는 얼른 사진을 마저 찍고 밖으로 나가고 싶은 생각에 일하고 있는 광부들을 향해 재빨리 플래시를 두세 번 터뜨리곤 곧 돌아갈 준비를 했습니다.

그런데 나이가 들어 보이는 한 광부가 기자에게 가까이 다가오더니 손가락으로 구석진 곳을 가리켰습니다. 그곳에는 놀랍게도 작고 하얀 꽃이 두세 송이씩 무리를 지어 피어있었습니다.

'이렇게 어둡고 지저분한 곳에 저렇게 희고 예쁜 꽃이 피어있다니!'

젊은 기자가 연신 감탄하며 정신없이 셔터를 누르고 있을 때 그 광부가 손에 석탄 가루를 한 움큼 쥐고 하얀 꽃 위에 살며시 뿌렸습니다. 그런데 놀랍게도 시커먼 석탄 가루는 맑디맑은 하얀 꽃을 조금도 더럽히지 않고 꽃잎 사이로 스르르 흘러내렸습니다.

그날 광산촌을 취재하고 돌아간 젊은 기자가 며칠 후에 신문에 쓴 기사는 이렇게 시작되었습니다.

《깨끗함이란 바로 더러움에서 비롯된다는 사실을 여러분은 아십니까?》

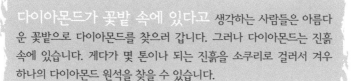

다이아몬드가 꽃밭 속에 있다고 생각하는 사람들은 아름다운 꽃밭으로 다이아몬드를 찾으러 갑니다. 그러나 다이아몬드는 진흙 속에 있습니다. 게다가 몇 톤이나 되는 진흙을 소쿠리로 걸러서 겨우 하나의 다이아몬드 원석을 찾을 수 있습니다.

깨끗해진 바구니

　할머니를 너무도 사랑하는 손녀는 언제나 밝은 웃음을 머금고 할머니를 자주 만나러 왔습니다.

　"안녕하세요. 할머니! 너무나 뵙고 싶었어요."

　"그래, 귀여운 내 아기, 잘 지냈니?"

　"요즘도 성당에 다니세요?"

　"물론이지, 지난 주일에는 아침, 저녁으로 두 번이나 갔었는걸?"

　"그러셨어요? 신부님의 설교는 들으셨어요?"

　"물론이지. 젊은 신부가 설교도 아주 잘하시더구나."

　"무슨 말씀이셨는데요? 제게도 얘기해 주세요."

　"음 그러니까…. 아이고 어떻게 하지? 다 잊었는데."

"두 번씩이나 성당에 다녀오고도 다 잊어버리시다니. 그렇다면 차라리 집에서 쉬시는 게 더 낫겠어요."

할머니는 손녀의 말을 듣고 살며시 미소를 짓다가 이렇게 말했습니다.

"그래? 그러면 내 부탁 하나만 들어주지 않겠니? 저기 저 오래된 구멍 난 바구니에 물을 가득 받아 저기 장미화단에 물을 좀 뿌려주렴."

손녀는 어이없다는 듯 웃음을 터뜨렸습니다.

"저를 골탕 먹이려고 그러시는 거죠? 저 바구니에 물을 담아 장미화단까지 가는 도중에 벌써 물이 다 새어버려 아마 한 방울도 남아있지 않을 걸요?"

그러자 할머니가 빙그레 웃으며 대답했습니다.

"그래, 그 말이 맞지. 하지만 그 바구니는 좀더 깨끗해져 있지 않을까?"

아무리 깨끗한 물건이라도 때 묻은 마음으로 만지면 그 물건은 점점 더 러워집니다. 그리고 아무리 더러운 물건이라도 깨끗한 마음으로 만지면 그 물건은 점점 깨끗해집니다.

꽃 한 송이에 담긴 사랑

　장사가 잘 되는 꽃집이 있었습니다. 하루하루 소문이 나서 늘 꽃을 사러오는 사람들로 북적거렸습니다. 일손이 부족해진 꽃집 주인은 종업원을 채용하기 위해 광고를 냈습니다. 높은 월급을 조건으로 내걸자 많은 응시자들이 각지에서 몰려들었습니다.

　면접을 본 주인은 최종적으로 젊은 세 명의 여자를 선발했습니다. 그녀들을 불러놓고 주인이 말했습니다.

　"앞으로 일주일 동안 가게 운영을 맡겨보겠어요. 그런 다음 한 사람만 채용을 하겠습니다. 모두들 열심히 하기를 바랍니다."

세 명의 여자들은 꽃가게와 어울릴 만큼 예쁘고 매력적이었습니다. 그 중 한 여자는 과거에 화원에서 꽃을 팔아본 경험이 있다며 자랑을 했습니다. 다른 여자는 원예 전문학교를 졸업할 의욕이 넘치는 아가씨였습니다. 나머지 한 여자는 그저 평범한 취업준비생으로 특별히 내세울 것이 없어보였습니다.

꽃을 팔아본 경험이 있는 여자는 주인의 말에 누구보다 내심 기뻐하며 자신감을 보였습니다. 그녀는 꽃을 파는 일은 물론 꽃꽂이 경험이 풍부해 손님이 들어오면 세련된 태도로 맞이했습니다.

"손님, 이 꽃은 영원한 우정이란 꽃말을 갖고 있는데 친구 분에게 선물을 하면 그만이죠. 그리고 이 꽃은 꽃꽂이할 때…"

그녀는 능숙한 말솜씨로 세세한 것까지 설명하며 손님들의 이목을 끌었습니다. 꽃집에 한 번 들어온 손님들은 매우 만족해하며 꽃다발과 꽃바구니를 한 아름 사들고 나갔습니다.

반면에 원예 전문학교를 졸업한 여자는 차분한 태도로 학교에서 배운 지식을 십분 발휘하며 최선을 다했습니다. 꽃꽂이 기술에서부터 어떻게 하면 원가를 낮추고 최상의 상품을 만들 수 있을지도 연구했습니다.

평범한 취업준비생인 여자는 내성적인 성격에 소극적이었지만 처음부터 주인의 우려 속에 크게 눈에 띄는 모습은 아니지만 나름대로 열심히 일을 해나갔습니다. 그런데 그녀에게는 정말 꽃보다 아름답고 화사한 매력이 있었습니다. 조용한 겉

모습과 어울리게 차분하고 마음도 고왔습니다. 또한 이미 시들어버린 꽃이라도 함부로 버리는 일이 없는 알뜰함도 지니고 있었습니다.

그녀의 또 다른 매력은 언제나 마음에서 우러나오는 인사말이었습니다.

"꽃을 선물하는 사람에게는 그보다 더 아름다운 축복이 온답니다."

꽃 한 송이를 사가는 손님이라도 그녀는 친절하고 정중하게 마음을 전하는 인사를 잊지 않았습니다.

"이 꽃은 손님에게 행운을 선물할 거예요. 늘 행복한 시간만 이어지기를 소망합니다."

손님들은 그녀의 인사말에 화답하듯 고맙다는 말을 잊지 않았습니다.

약속한 일주일이 지났습니다. 그녀의 실적은 다른 두 여자에 비해 형편없었습니다. 그러나 주인은 소심하지만 마음으로 함께했던 평범한 취업준비생인 그녀를 선택했습니다. 모두들 놀라며 어리둥절한 얼굴이었습니다.

주인이 미소 지으며 대답했습니다.

"꽃을 팔아 부자가 된다는 것은 사실 말처럼 쉽지가 않아요. 하지만 꽃을 팔아 행복한 사람이 될 수 있다는 진리만큼은 변하지 않는다는 것을 새삼 깨달았어요. 꽃꽂이나 손님을 대하는 영업적인 기술은 경험으로 차츰 배울 수 있지만, 꽃과 같은 심성은 배운다고 쉽게 터득할 수 있는 것은 아닙니다. 장미꽃 한 송이를 사가는 손님에게도 잊지 않고 진실어린 마음을 선물할 수 있다는 것은 그 어떤 기술보다 훌륭한 일입니다. 그 속에는 그 사람의 인품과 관심 그리고 맑은 영혼만이 가질 수 있는 순수함이 모두 포함돼 있다는 증거가 아닐까요?"

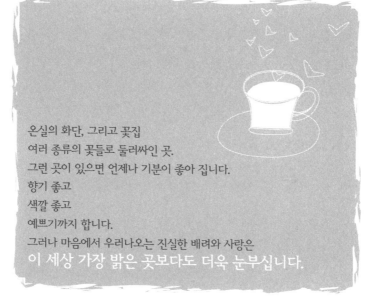

온실의 화단, 그리고 꽃집
여러 종류의 꽃들로 둘러싸인 곳.
그런 곳이 있으면 언제나 기분이 좋아 집니다.
향기 좋고
색깔 좋고
예쁘기까지 합니다.
그러나 마음에서 우러나오는 진실한 배려와 사랑은
이 세상 가장 밝은 곳보다도 더욱 눈부십니다.

행복한 여행을 위한 작은 배려

일본 도쿄에 있는 무역회사로 독일 기업의 한 바이어가 거래를 위해 방문했습니다.

일본 무역회사의 입장에서는 매우 중요한 거래였기 때문에 독일의 바이어가 묵을 호텔뿐만 아니라 다양한 일본의 음식문화를 체험할 수 있도록 다양한 식사메뉴까지 신경을 써서 마련해놓은 상태였습니다.

그런데 상담을 하던 중에 바이어가 자리에서 일어설 뜻을 비쳤습니다.

"죄송하지만 오늘은 이쯤에서 끝을 맺고 다음에 자리를 더 만들어야겠습니다. 오해는 하지 마십시오. 사실 제가 다른 볼일 때문에 지금 급히 오사카로 가봐야 됩니다. 생각보다 상담시간이 길어져 나머지는 내일 처리했으면 합니다."

거래를 성사시키려던 일본 무역회사 담당직원은 당황했지만 어쩔 수가 없었습니다. 그런데 바이어가 자리에서 일어서며 말했습니다.

"죄송하지만 한 가지 부탁이 있습니다."

"무엇이든지 말씀하십시오. 성의껏 도와드리겠습니다."

"사실 제가 일본이 처음인데 오사카를 왕복할 수 있는 기차표를 예매해주시면 안 되겠습니까?"

"걱정하지 마십시오. 제가 차질이 없도록 여직원에게 지시해 놓겠습니다."

그런데 독일 바이어가 오사카를 다녀와 다시 상담을 했지만 쉽게 성사되지 않았습니다. 거래하고자 하는 제품에는 대체적으로 만족했지만 가격이 맞지 않아 쉽게 이루어지지 않았습니다. 서로가 조금이라도 이익을 남기기 위한 보이지 않는 줄다리기는 계속되고 있었지만 전혀 나아지는 것은 없었습니다. 그러는 도중에도 독일 바이어는 줄곧 도쿄와 오사카를 오가고 있었습니다.

그러던 어느 날 독일 바이어는 오사카에서 도쿄로 오는 기차 안에서 이상한 점을 발견하게 되었습니다. 그는 가방에 모아둔 기차표들을 모두 꺼내 확인하기 시작했습니다. 도쿄와 오사카를 왕복한 기차표들을 유심히 살피던 그는 확실한 무언가를 발견했습니다.

"그랬어! 이제 보니 늘 같은 자리에 앉아서 …."

그랬습니다. 그는 도쿄에서 출발해 오사카로 향할 때는 언제나 오른쪽 창가에 앉았습니다. 그리고 도쿄로 돌아올 때는 왼쪽 창가에 예약이 되어있었다는 사실을 알게 되었습니다.

그는 도쿄의 무역회사에 도착하자마자 자신의 기차표를 예매해준 여직원을 찾았습니다.

여직원이 상담실로 들어서자 독일 바이어가 물었습니다.

"기차를 탈 때마다 늘 같은 자리로 예매가 되어 있던데 무슨 특별한 이유라도 있는 겁니까?"

그러자 여직원이 미소를 짓더니 대답했습니다.

"특별한 이유는 없습니다. 다만 고단한 일정 속에서 우리나라의 아름다운 풍경을 감상하시며 피곤을 푸시라는 뜻이었습니다."

"피곤을 풀라니 그게 무슨 말이지요?"

독일 바이어는 여직원의 말에 더욱 궁금증이 생겼습니다.

"후지산은 기차를 타고 오사카로 향할 때는 오른쪽에 있고 도쿄로 다시 돌아올 때는 왼쪽에 있습니다. 그래서 후지산의 아름다운 경치를 늘 감상하실 수 있도록 좌석을 예매했던 것입니다."

그는 여직원의 배려에 너무 큰 감동을 받았습니다. 그동안 보이지 않던 힘겨운 줄다리기도 그로 인해 쌓인 스트레스와 피곤도 일순간 사라지는 것만 같았습니다. 독일 바이어의 얼굴에 환한 기운이 감돌았습니다.

"좋습니다! 오늘 당장 계약을 합시다. 지난번에 제시한 그 가격으로 결정하겠습니다. 진심어린 마음으로 배려하는 여직원이 있는 회사라면 믿을 수 있다는 생각이 들었습니다. 이런 회사라면 저희가 조금 손해를 봐도 억울하지 않을 것 같습니다."

누가 알아주지 않더라도, 혹은 잘 드러나지 않더라도 작은 정성으로 마음과 감동을 전하는 것이 배려입니다. 그 작은 배려가 상대에게는 큰 기쁨으로 다가갈 수 있습니다. 이 작은 배려는 우리 인간만이 나눌 수 있는 아름다운 미덕이며 세상을 더욱 살만한 곳이라고 느끼게 하는 고귀한 선물입니다.

세상에 단 하나 뿐인 도자기

　도자기를 팔아 큰 부자가 된 유대상인이 있었습니다. 그
가 진귀한 도자기 세 점을 팔기 위해 미국으로 건너갔습니다.

　소문을 듣고 찾아온 도자기 애호가인 찰스는 도자기를 보는
순간 꼭 사야겠다는 결심을 하였습니다. 그런데 상인이 부르는
도자기의 값이 너무 터무니없이 비쌌습니다.

　"도자기 한 점에 50만 달러지만 그 가치를 따진다면 결코 비
싼 것도 아니요."

　세 점을 합쳐 모두 150만 달러를 불렀지만 찰스 역시 호락호
락한 상대는 아니었습니다.

　"그럼 이렇게 합시다. 도자기 한 점 당 40만 달러씩 전부 120
만 달러에 사겠소. 1달러도 양보할 수 없소."

그러나 유대상인도 만만치 않은 사람이었습니다. 두 사람은 의견 차이를 좁히지 못하고 결국 옥신각신하며 언성만 높였습니다. 한 치의 양보도 없이 고집을 내세우던 유대상인이 갑자기 의미심장하게 찰스를 노려보았습니다.

"당신 말대로 그런 헐값에 넘기느니 차라리 깨버리는 게 낫겠소!"

순간 유대상인이 도자기 하나를 번쩍 들더니 바닥에 내동댕이쳐 깨버렸습니다.

"오, 하느님! 50만 달러나 하는 도자기를 이렇게 산산조각을 내버리다니!"

다시 흥정이 시작되자 찰스는 유대상인의 심기를 건드리지 않기 위해 매우 신경을 썼습니다.

"남아있는 도자기 두 개를 150만 달러에 팔 생각이오. 그러니 단 1달러도 깎을 생각은 아예 마시오!"

"아니 그게 무슨 말이오? 이거 완전히 강도나 다를 바 없지 않소? 그러지 말고 조금만 깎읍시다."

찰스는 자신이 사정하듯 매달리고 있다는 것을 느꼈지만 어쩔 수가 없었습니다. 잠자코 있던 유대상인이 아까보다 더 격한 얼굴로 소리쳤습니다.

"당신 정말 도자기를 사랑하는 사람이 맞소? 이렇듯 진귀한 도자기를 앞에 두고 흥정이나 하려고 들다니, 예술작품에 대한 모독이고 나를 욕보이는 짓이오!"

유대상인이 말을 끝내기 무섭게 다시 도자기를 바닥에 던져 무참히 깨버렸습니다. 찰스는 도저히 믿을 수 없다는 듯 양손으로 머리를 감싸며 신음소리를 냈습니다.

"대체 왜 이러는 것이오! 당신 미쳤소? 도자기에도 생명이 있는데 당신은 지금 엄청난 일을 저질렀단 말이오!"

그러자 유대상인이 아주 무미건조한 목소리로 말했습니다.

"도자기를 사랑하는 수집가인 당신의 눈에는 생명이 있는 것처럼 보일지 몰라도 장사꾼인 내게는 그렇지 않소. 나는 장사꾼이오. 내 눈에 도자기는 그저 상품에 불과할 뿐이오. 기분이 내키면 팔고 그렇지 않으면 깨부수면 그만이오. 그래 봤자 큰돈을 잃는 것도 아니고 생명이 죽어나가는 것도 아니니 난 상관없소이다!"

유대상인의 말에 찰스는 어이가 없었습니다.

"당신의 행동 때문에 진귀한 예술품 두 점이 사라지게 되었다는 것을 왜 모르시오?"

"팔지도 못할 도자기를 남겨두면 뭘 어쩌겠소? 난 장사를 하는데 나름대로 원칙이 있소. 지금까지 가격을 올리면 올렸지 내리는 법은 단 한 번도 없었단 말이오!"

다급해진 찰스가 사정을 했습니다.

"제발 이러지 말고 내 말 좀 들어보시오. 좋소, 내가 살 테니 그럼 얼마에 팔겠소?"

"300만 달러!"

"뭐, 뭐라고요? 당신 지금 제 정신이오. 아니 도자기 세 점을 150만 달러에 팔려고 한 사람이 한 점에 300만 달러를 내라니 지금 장난하는 거요?"

유대상인이 차분히 말했습니다.

"당신은 아주 단순한 진리를 모르고 있군요. 원래 물건이란 귀하면 귀할수록 그 값어치는 오르는 법이오. 처음 도자기가 세 점이나 있을 때는 조금 싸게 팔려고 했지만 지금은 하나 밖에 남지를 않았소. 진품 중에 진품이 되고 말았으니 그 가격도 몇 배로 뛰는 것은 당연하지 않소? 300만 달러를 낼 수 없다면 남은 이것마저 깨버리고 난 집으로 돌아갈 생각이오!"

찰스는 별 수 없이 300만 달러를 지불하고 그 남은 도자기 하나를 가질 수 있었습니다.

대상이 무엇이 되었건 소중함의 가치는 남이 아닌 내가 정하는 것입니다. 그것이 세상에 단 하나뿐이건 아니면 어디서든 구할 수 있는 것이건 그것이 중요한 것은 아닙니다. 내가 그것에 의미를 두고 소중하게 생각하는 것이라면 그것은 내게 최상의 것이 되는 거랍니다.

사랑을 담은 국화꽃 베개

아버지가 위독하다는 소식을 들은 그녀는 서둘러 고향집으로 차를 몰았습니다.

세 시간을 달려 급히 도착했지만 아버지는 이미 병원으로 옮겨진 뒤였습니다. 아이 키운다고 그동안 자주 찾아보지 못했던 자신이 순간 후회가 되었습니다. 행여 아버지가 세상을 떠나기라도 하면 어쩌나 하는 다급함에 그녀는 병원으로 달려갔습니다.

"아버지…"

아버지는 조용히 눈을 감은 채 산소호흡기에 의지해 있었습니다. 평소 심장에 이상이 있었던 아버지였습니다. 그런데 그동안 일손을 놓지 않고 과로를 한 것이 원인이었습니다. 순간 그녀는 눈앞이 아찔했습니다.

'아! 무남독녀인 나를 위해 여전히 국화꽃 농사를 지으시더

니…'

　다행히 위험한 고비는 넘긴 상태라 그나마 안심할 수 있었습니다. 그녀는 아버지의 옷가지라도 챙겨오기 위해 집으로 향했습니다.

　꽁꽁 얼어붙은 시골길을 걸어 집에 도착했습니다. 마당에 들어서자 늦가을이면 환한 얼굴로 매달려 반겨주던 국화가 추하게 말라가고 있었습니다. 불현 아버지의 주름진 얼굴이 떠올라 가슴이 뭉클해졌습니다.

　어릴 적 몸이 유난히 약했던 그녀를 위해 아버지는 국화꽃 베개를 만들어주곤 했었습니다. 국화 꽃잎을 하나하나 따서 정성껏 말려 베갯속에 넣어주던 아버지였습니다.

　"니는 일찍 엄마를 잃어 엄마 냄새를 모를 것이여. 그러니께 니는 이 베개를 껴안고 자면서 국화꽃을 엄마냄새로 여기면 되여. 근디 이 냄새가 아무리 좋아도 니 엄마의 미모는 따르지 못할 것이구먼. 허허헛…"

　겨울바람이 매서워질 때면 아버지는 어김없이 국화꽃 베개를 건네주며 그렇게 웃곤 했습니다. 아버지에게 국화는 젊을 때 잃은 아내와 마찬가지였습니다. 그래서 아버지는 더욱 지극정성으로 국화를 키워왔던 것입니다.

　12월인데도 아직 국화꽃이 달려있는 것을 보니 아버지의 몸이 오래 전부터 편치 않았던 모양입니다.

　얼마 전 안부전화를 했을 때 아버지의 말이 떠올랐습니다.

'애비 걱정은 말고 아범하고 애나 신경 써서 잘 챙겨.'

그리고 국화꽃 베개도 곧 보낸다는 말로 딸을 오히려 안심시켰던 아버지였습니다.

'올해는 아버지를 위해 내가 국화꽃 베개를 만들어야지!'

그녀는 국화 꽃잎을 하나하나 떼어 담기 시작했습니다. 그럴 때마다 떠오르는 아버지의 모습과 어머니의 미소에 취해갔습니다.

그녀는 베갯잇이 될 만한 것을 찾기 위해 방으로 들어갔습니다. 아버지를 닮은 낡고 오래된 장롱을 여는 순간 그녀의 코끝을 아리게 하는 냄새가 났습니다. 장롱 안에는 곧 보내준다고 하던 세 개의 국화꽃 베개가 나란히 놓여져 있었습니다.

부모님께 진 빚을 어떻게 하면 갚을 수 있을까요? 그 빚을 갚기 위해 우리는 다시 아이를 낳아 기르는 모양입니다. 어쩌면 그것이 유일한 방법일 테니 말입니다.
어머니의 어머니, 혹은 아버지의 아버지가 되지 않는 한 그 은혜를 갚을 수는 없는 것입니다.

소중한 친구의 희망의 말

종교의 자유가 금지된 어느 나라의 작은 마을에 가톨
릭을 몰래 전파하는 신부가 있었습니다.

그 신부는 마을 사람들에게 하느님의 사랑에 대해 전파하다
가 그만 경찰에 잡히어 마을에서 멀리 떨어져 있는 수용소에 갇
히게 되었습니다.

신부와 절친한 사이였던 그 마을의 이발사는 신부가 너무나
걱정이 되어 모든 것을 정리하고 수용소에 있는 신부를 만날 일
념으로 무작정 떠났습니다.

이발사는 다행히도 수용소에서 죄수들의 머리를 깎아주는 일
자리를 구할 수 있었습니다.

죄수들에 대한 감시가 심했기 때문에 이발사는 죄수들과 자

유롭게 대화를 나눌 수는 없었지만 언젠가는 친구인 신부를 만날 수 있을 거라는 희망을 갖고 수용소에서의 힘든 생활을 할 수 있었습니다.

그러던 어느 날, 드디어 머리를 깎기 위해 대기실로 들어온 신부를 만날 수 있었습니다. 그러나 그들은 서로의 눈빛만 쳐다볼 뿐 아무런 말도 나눌 수 없었습니다.

신부의 머리카락을 자르기 시작한 이발사의 손이 가늘게 떨리기 시작했습니다. 친구인 신부에게 무슨 말이든 하고 싶었지만, 삼엄한 감시 속에서 어떤 말도 할 수가 없었습니다. 용기를 가지라고, 반드시 살아서 돌아가자고 말하고 싶었지만 말을 할 수 없었습니다.

그때 갑자기 이발사가 용기를 내어 입을 열었습니다.

"이봐, 턱을 들어!"

이발사는 다시 한 번 힘주어 말했습니다.

"턱을 똑바로 들고 앞을 보란 말이야!"

턱을 세운 신부는 이슬이 잔잔하게 담긴 친구의 눈을 바라보며 속으로 조용히 말했습니다.

'고맙네 친구! 턱을 빳빳이 들고 이 무서운 곳에서 꼭 살아남겠네.'

이발사는 3년 동안 수용소에서 그 일을 계속했습니다. 비록 몇 개월에 한 번씩 이루어진 짧은 만남이었지만 그때마다 이발사는 신부에게 큰소리로 말했습니다.

"이봐, 턱을 더 들어! 힘껏 들란 말이야!"

그렇게 또 3년의 세월이 흐른 뒤에 수용소에서 나온 신부는 나중에 이렇게 말했습니다.

"나는 그 친구의 말을 들으며 용기를 다시 갖곤 했습니다. 아마도 그 친구의 그 한 마디 말이 없었다면 저는 이렇게 살아서 돌아오지 못했을 것입니다."

사람의 아름다움과 기쁨을 사랑하는 것은 누구나 할 수 있는 일이지만 아픔과 슬픔을 사랑하는 것은 아무나 할 수 없는 일입니다.
친구 또한 아무나 될 수 있지만 아픔과 슬픔까지 감싸 안을 수 있는 진정한 친구는 아무나 될 수 없는 법입니다.
기쁨을 두 배로 하고 슬픔을 반으로 줄일 줄 아는 넉넉함을 가진 사람, 남은 사람들이 다 떠나간 후 마지막까지 그의 존재를 믿고 지켜줄 수 있는 사람, 그런 진정한 친구가 되는 삶이 아름답습니다.

딸에게 보내는 아빠의 편지

저 건너 육지가 보일 듯 말 듯 한 작은 섬, 어제 배편으로
온 아빠의 편지를 읽습니다. 아빠, 엄마에 대한 그리움이 밀려
옵니다.

"너 소록도가 도대체 어떤 곳인지 제대로 알고 하는 말이냐?"
처음 소록도로 가겠다고 말씀드렸을 때, 아빠는 제가 그곳이
어떤 곳인지도 잘 모르면서 고집을 부리는 거라고 생각하셨나
봅니다.

"아빠, 저도 잘 알고 있어요. 거긴 나병 환자, 그러니까 한센씨

병을 앓고 있는 환자들만 사는 곳이에요. 저는 그곳에서 그 사람들을 돕고 싶어요."

"안다고? 아는 녀석이 그런 말을 해? 이제까지 애지중지 키웠더니 고작 한다는 말이 소록도에 가겠다는 거냐?"

"아빠, 저는 그 사람들을 돕고 싶어요."

"돕고 싶다고? 이제까지 너를 키워준 부모 말을 거역하고 엉뚱한 사람들을 돕고 싶다고? 부모보다 그곳이 더 소중하다는 말이냐?"

아빠의 마음을 모르는 것은 아니었습니다. 아빠는 사랑하는 딸이 힘들고 어려운 곳으로 가서 고생한다는 것이 안쓰러웠던 것입니다. 그러나 한 번 정한 마음은 움직이지 않았습니다.

"아빠! 제발 허락해주세요."

"그래? 그럼 이제 넌 내 딸이 아니다. 그렇게 가고 싶다면 가거라. 이 아빠보다 그곳이 좋다면 말이다. 대신 이제 너는 내 딸이 아니다."

저는 그렇게 해서 소록도로 자원봉사를 위해 들어왔습니다. 그러나 한쪽 가슴이 늘 아파왔던 게 사실입니다. 사랑하는 아빠의 마음을 아프게 해드렸기 때문입니다.

그런데 소록도에 들어온 지 두 달이 된 오늘, 아빠로부터 편지가 왔습니다. 저는 겉봉투에 적힌 아빠 이름만 보고도 눈물이 났습니다. 크게 심호흡을 한 뒤에 봉투를 열었습니다.

사랑하는 내 딸아!

네가 집을 떠난 지 이제 두 달이 가까워 오는구나. 그런데도 벌써 몇 년이 흐른 듯 느껴지는구나.

자랑스러운 내 딸아! 네가 소록도로 떠날 때, 너는 내 딸이 아니라고 했던 말 기억하고 있겠지? 이제 너는 더 이상 이 아빠 혼자만의 딸이 아니다. 이 세상 모든 사람들의 딸. 소외받고 외로운 모든 사람들의 딸이 되기를 이제 아빠는 기도한단다.

그곳 소록도의 아픈 사람들을 내 가족처럼 보살펴 드리렴.

그리고 제발 네 건강도 조심하고.

내 딸아!

사랑한다.

아빠가 기도 중에 항상 내 딸을 기억하고 있다는 것을 잊지 않았으면 한다.

아버지는 자식들의 뒤에서 늘 묵묵히 소리 없이 챙겨주는 이 세상에서 가장 소중한 등대 같은 사람입니다.

행복을 요리하는 요리사

피츠버그에 있는 한 유명한 호텔에 요리장이 있었습니다. 그에게는 외동딸이 있었는데 그녀는 항상 자신의 환경이 불만이었습니다.

그녀는 용돈을 두둑하게 탈 생각으로 아버지를 찾아왔습니다. 딸을 발견한 아버지는 기다렸다는 듯이 주방으로 들어오라고 손짓을 했습니다. 가볍게 웃으며 주방으로 들어온 딸 앞에 아버지는 똑같이 생긴 냄비 세 개를 준비해 놓았습니다. 아버지는 아무 말 없이 세 개의 냄비에 같은 양의 물을 부었습니다. 그리고 그 안에 각각 감자와 계란 그리고 커피를 넣고 끓이기 시작했습니다.

　20여분 쯤 지나자 아버지는 불을 끄고는 삶아진 감자와 계란을 접시에 담았습니다. 그리고 진한 향기로 잘 끓여진 커피는 머그잔에 따랐습니다. 아버지가 물었습니다.

　"이 세 가지가 처음과 달리 어떻게 달라졌는지 한번 확인해 보렴. 손으로 직접 만져 봐도 괜찮단다."

　딸은 손가락 끝으로 감자와 계란을 건드려보고 머그잔에 담긴 커피의 향도 맡아보았습니다. 아버지가 다시 진지한 표정으로 말했습니다.

　"그래, 네가 눈으로 확인한 것처럼 이 세 가지는 똑같은 크기의 냄비에 같은 양의 물을 넣고 가열을 한 것이지. 물론 모든 조건이 똑같았다는 것을 너도 봐서 알고 있을 거다. 그러나 결과는 전혀 다르지 않니? 딱딱했던 감자는 부드럽고 만지기만 해도 부서질 정도로 변해버렸단다. 그리고 날계란은 조금만 충격을 줘도 깨져버리지만 삶고 나니 반대로 단단하게 변했지. 또 커피는 처음에는 딱딱한 상태였지만 끓이고 나니 원래의 모습은 사라졌지. 하지만 그 향기와 맛은 그대로 물속에 녹아있단다."

　딸은 이런 아버지를 알 수 없다는 표정이었습니다.

　"우리는 살아가면서 아주 견디기 어려운 일들과 만나게 되지. 너는 감자처럼 작은 힘에도 쉽게 허물어지는 사람이 되겠니? 아니면 계란처럼 단단하고 강한 사람이 되고 싶니? 그렇지 않으면 커피처럼 자신을 희생하듯 모든 것을 던져 새로운 향기와 감동을 주는 사람이 되고 싶으니?"

그때서야 아버지의 의도를 파악한 딸은 고개를 숙였습니다.

"나는 말이다. 네가 강하면서 많은 사람들에게 유익한 향기를 줄 수 있는 현명한 사람이 되었으면 한다. 현재의 불만을 이겨 내고 새롭게 발전할 수 있는 것은 오직 자기 자신의 마음이고 실천이란다.

도자기는 정성을 기울여 빚고 아주 높은 온도의 가마 속에서도 견디어 내고 세상에 나와서도 자신을 빛나게 드러내지 않으면서도 은은하게 풍기는 데 그 가치가 드러납니다.
사람도 마찬가지가 아닐까요? 아무도 알아주지 않더라도 자신의 내면을 갈고 닦는 그런 사람에게 더욱 마음의 가치가 정해지는 법입니다.

소중한 불상을 지켜낸 지혜로움

대학교수로 재직하다 은퇴하고 노후를 보내고 있는 학자가 있었습니다. 그가 20년 전쯤에 경험했던 일입니다.

그해 가을, 그는 홍콩에서 열리는 학술 세미나에 참석하였습니다. 아내와 함께한 여행이었기에 일정을 넉넉하게 잡아 태국 여행도 계획했습니다.

홍콩에서의 세미나를 무사히 마친 학자 부부는 태국으로 향했습니다. 방콕에 도착한 부부는 우선 시내에 있는 유명한 사원들을 둘러보기 시작했습니다.

웅장한 규모를 자랑하는 사원 앞에서 지나간 시간을 다시금 되돌아보는 엄숙한 시간도 가졌습니다.

금불사는 겨우 10평방미터의 작은 규모의 사원이었지만 학자 부부가 그곳에서 받은 감동은 영원히 기억에 남을 만큼 인상적이었습니다.

사원 안으로 들어서자 그의 입에서 가느다란 떨림의 탄성이 흘러나왔습니다.

"아, 이렇게 눈부신 불상이…."

그의 눈앞에 우뚝 서 있는 것은 3미터 높이의 거대한 황금으로 된 불상이었습니다. 무게가 무려 2.5톤으로 그것을 금액으로 환산하자면 2억 달러에 가깝다고 했습니다. 그 불상을 보는 순간 그는 자비로움과 엄숙함 속에 가슴 속에 알 수 없는 전율을 느꼈습니다.

다른 관광객들은 사진을 찍고 서로 얘기를 하느라 정신이 없었지만 그는 달랐습니다. 차츰 몰입되어 가는 자신을 느꼈고 그것이 색다른 경험에서 오는 신선한 충격과 감동이라는 것을 알게 되었습니다.

그의 눈길이 멈춘 것은 불상 앞에 놓인 유리 상자였습니다. 그 안에는 높이 26센티미터 너비 67센티미터의 흙덩어리가 들어 있었습니다. 그 옆에 적힌 설명문을 읽는 그는 그 흙덩어리가 간직한 놀라운 역사에 또 한 번 감격했습니다.

1957년 태국 정부가 방콕 시내에 고속도로를 건설하기 시작하였고 고속도로는 이곳 사원을 통과하게 되어 철거를 할 수밖에 없는 상황이었습니다.

결국 승려들은 사원 안에 있는 흙으로 만든 불상을 다른 곳으로 옮겨야만 했습니다. 그러나 엄청난 크기의 불상을 옮기는 일은 결코 쉽지 않았습니다. 조심해서 옮기기 시작했지만 결국 불상에 균열이 생겼고 설상가상으로 때마침 장대비가 쏟아지기 시작했습니다.

승려들은 불상이 부서지고 손상되는 것을 막기 위해 다시 원래의 자리로 옮기고 비에 젖지 않도록 대형 천막으로 둘러쳤습니다.

그날 밤, 불상이 염려가 된 노승들이 손전등을 들고 나와 천막을 걷고 불상의 피해 정도를 살폈습니다. 전등으로 불상의 이곳저곳을 살펴보고 있을 때였습니다.

"이게 무슨 빛이지?"

그 때 한 노승이 소리쳤습니다. 균열이 생긴 불상의 틈에서 밝은 빛이 반사되어 나오고 있었습니다. 다른 노승들이 다가와 살펴보았습니다.

"이런! 흙으로 만들어진 불상이 아니었어! 이 안에 또 다른 무언가가 숨겨져 있어."

노승들이 조심스럽게 불상 표면의 흙을 떼어내기 시작했습니다.

얼마 후 믿기지 않는 일이 벌어졌습니다. 흙을 걷어내자 그 안에는 눈부신 황금빛의 불상이 나타났습니다.

수백 년 전 버마(지금의 미얀마) 군대가 태국을 침공했을 당시, 버마군대에게 황금불상을 빼앗기지 않으려고 태국의 승려들이 불상의 표면을 진흙으로 덮었다는 것입니다.

　그당시 승려들은 모두 죽임을 당했지만 소중한 황금 불상만
은 보존할 수 있었던 것입니다.

황금불상을 지키기 위해 진흙으로 덮어 가렸던 것처럼, 우리들에게 소
중한 것들을 내면에서 보듬고 아끼고 싶을 때가 많습니다.
결코 밖으로 드러나지 않은, 안에서 승화된 아름다움은 더욱
가치가 있습니다.

험한 자갈길에 핀 사랑

베트남의 작은 마을에 미랑이라는 이름을 가진 간호사가 살고 있었습니다.

그녀는 병원에 찾아오는 모든 환자들에게 늘 친절했고 어려운 사람들이 도움을 청하면 진심으로 정성을 다하여 보살폈습니다. 그래서 마을의 청년들은 한결같이 그녀를 마음속으로 사랑하였습니다.

그녀는 돈이 없어 집에서 힘겹게 투병생활을 하는 사람이 있으면 직접 찾아가 정성껏 보살피는 일도 마다하지 않았습니다.

그러던 어느 날, 가난한 농부인 한 청년이 그녀를 찾아와 울먹이는 소리로 말했습니다.

"제 불쌍한 어머니를 좀 돌봐주세요. 제발 이렇게 부탁합니다."

그녀는 기꺼이 가방을 챙긴 뒤 청년을 따라 나섰습니다. 하지만 청년이 살고 있는 집까지는 너무 멀고 가는 길도 험했습니다. 그녀가 울퉁불퉁한 자갈길을 걷다가 그만 발을 헛디뎌 넘어지고 말았습니다. 무릎이 깨져 피가 흘렀지만 그녀는 아랑곳하지 않고 계속 걸었습니다. 청년의 부축을 받으며 자갈길을 지나 청년의 집에 도착하였습니다.

청년의 집은 언제 쓰러질지 모를 정도로 오래 되고 위험해보였습니다. 허름한 집 안에는 백발의 어머니가 홀로 누워 있었습니다. 일어날 기력조차 없는 어머니는 영양실조가 매우 심각한 상태였습니다.

미랑은 그날부터 매일 청년의 집으로 찾아가 그의 어머니를 돌보고 집안일도 거들었습니다.

그러던 어느 날부터 미랑은 청년의 집으로 갈 때마다 산길에 잔뜩 깔려있어 매번 넘어지게 하던 자갈들이 조금씩 줄어들고 있다는 것을 발견했습니다. 그 뿐만 아니라 커다란 바위로 막혀 험했던 산길에 누군가 샛길을 만들어놓아 하루하루 걷기가 편해졌고 더 이상 넘어져서 무릎에 상처가 나는 일은 생기지 않았습니다.

그녀가 청년의 집을 드나들기 시작하면서 어머니의 몸은 몰라볼 정도로 호전되어갔습니다. 이제는 스스로 일어나 화장실도 다니고 간단한 집안일도 해내는 등 건강을 되찾아가고 있었습니다. 그녀의 정성으로 어머니는 결국 예전의 모습을 찾을 수 있었습니다.

그녀가 마지막으로 청년의 집을 방문하게 된 날이었습니다. 그녀는 청년과 그의 어머니에게 손수 만들어온 만두를 꺼내놓았습니다.

"이런 정성이 다 있나! 이렇게 보잘것 없는 노인을 그동안 치료해준 것만해도 고마운데 이렇게 맛있는 음식까지 가져오다니 정말 고마워요."

청년의 어머니는 그만 눈물까지 보이며 그녀의 손을 꼭 잡았습니다. 그런데 만두를 먹고 있는 청년의 손이 온통 상처투성이였습니다. 아직 아물지 않은 상처와 굳은살 때문에 젓가락질조차 제대로 할 수 없는 지경이었습니다. 순간 그녀의 눈에 눈물이 감돌았습니다. 그녀는 말없이 청년의 손을 잡았습니다. 청년은 몸 둘 바를 몰라 고개를 돌린 채 자꾸만 손을 빼내려고 했습니다.

"움직이지 말아요. 그러면 제가 더 슬퍼져요."

그녀는 눈물을 참으려는 듯 입술을 깨물었습니다. 사실 청년은 매일매일 잊지 않고 찾아와 어머니를 간호하는 그녀를 사랑하게 되었고, 사랑하는 그녀를 위해 길 위의 자갈들을 치우고 새로운 길을 만들었습니다.

청년의 착한 마음에 감동한 미랑은 그의 아내가 되었습니다. 그리고 훗날 청년이 그녀를 위해 매일 자갈을 치우던 길을 '사랑이 오는 길'이라고 부르게 되었습니다.

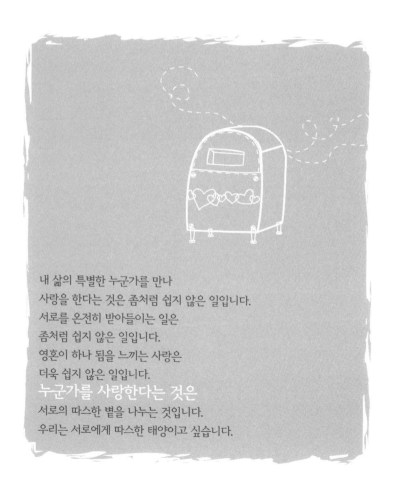

내 삶의 특별한 누군가를 만나
사랑을 한다는 것은 좀처럼 쉽지 않은 일입니다.
서로를 온전히 받아들이는 일은
좀처럼 쉽지 않은 일입니다.
영혼이 하나 됨을 느끼는 사랑은
더욱 쉽지 않은 일입니다.
누군가를 사랑한다는 것은
서로의 따스한 볕을 나누는 것입니다.
우리는 서로에게 따스한 태양이고 싶습니다.

삶 · 에 · 따 · 스 · 함 · 을 · 주 · 는 · 행 · 복

인생을 살아가는 우리들을 연기자라고 한다면, 마지
막 순간에 웃을 수 있는 사람보다는 순간순간을 열심
히 그리고 최선을 다해서, 나보다는 남을 생각하며 살
아간 사람을 최고의 연기자라고 할 수 있을 것입니다.

2

소중한 사람이 남긴 선물

사랑이 묻어난 낡은 도시락

어느 날 아침, 집안일을 서둘러 마친 그녀는 친정엄마를 찾아갔습니다. 하지만 그녀의 발걸음이 그리 가볍지만은 않았습니다. 결혼을 해서 아이를 낳아 키우는 지금까지 엄마를 보지 않았으니 참으로 긴 세월이었습니다.

사실 그녀는 어렸을 때 엄마에게 심한 상처를 받았다고 여겨 한동안 등을 돌리고 살았습니다. 자신이 여덟 살이고 여동생이 여섯 살 되던 해 엄마는 쌍둥이 남동생을 낳게 되었습니다. 그때부터 엄마는 큰딸인 자신에게 소홀했다고 그녀는 생각했던 것입니다.

엄마와 무거운 마음으로 얼굴을 마주대하고 앉은 그녀는 그동안 가슴에 묻어두었던 그때의 일을 꺼내놓았습니다.

"제게 싸주셨던 도시락 생각나세요? 늘 제 친구들은 예쁜 도시락에 맛있고 정성이 가득한 반찬들이 담긴 도시락을 가져왔어요. 향기 나는 화장지가 들어있거나 엄마가 쓴 편지가 끼워져 있을 때도 있었지요."

그 말에 어머니는 희미한 옛일을 떠올리는지 눈을 감았습니다. 그녀는 가난 때문에 늘 한 귀퉁이가 깨져 김칫국물이 줄줄 흐르는 오래된 도시락을 갖고 다녀야했습니다. 친구들에게 놀림을 받을 때마다 그녀는 엄마에게 졸라댔지만 그럴 때마다 바쁘니까 나중에 꼭 사주겠다고만 했었습니다. 엄마는 교통사고로 세상을 떠난 아버지를 대신해서 쌍둥이를 업고 안은 채 노점상을 했었습니다.

하지만 그녀는 그런 엄마를 이해하지 못했습니다. 그리고 언제부터인가 친구들과 둘러앉아 점심을 먹는 일마저 피하게 되던 어느 날, 도시락 한 귀퉁이에 웬 종이 한 장이 접혀있는 것을 발견하고는 반가운 마음에 다른 아이들처럼 엄마의 사랑이 담긴 편지라고 생각했습니다. 하지만 그것은 깨진 도시락을 임시방편으로 막고자 붙여둔 종이였습니다. 그것이 그녀를 더욱 우울하게 했습니다. 창피하고 화가 나서 그날 엄마한테 신경질까지 부렸습니다. 그리고 그날 이후부터 그녀는 도시락을 아예 싸가지 않았습니다.

딸에게서 도시락 이야기를 들은 어머니는 고개만 끄덕였습니다. 엄마의 그런 모습에 미안한 생각이 들었는지 그녀가 조심스

소중한 사람이 남긴 선물

럽게 입을 열었습니다.

"지금 생각하니까 제가 잘못한 것 같아요. 제가 엄마가 되고
보니 이제야 엄마를 이해할 수 있게 되었어요. 어린 동생들을
업고 시장에서 하루 종일 시달리던 엄마를…."

딸이 돌아간 뒤에도 어머니는 한동안 움직이지 않은 채 앉아
있었습니다. 딸의 말이 가슴에 박힌 못처럼 여겨져 눈시울이 뜨
거워졌습니다. 딸의 말처럼 어머니는 오로지 먹고 살기 위해서
한평생을 바친 여자였습니다. 비록 자식들을 위한 일이었지만
다른 어머니처럼 잘 챙겨주지 못한 것이 늘 한이었습니다.

어머니는 무슨 생각이 났는지 갑자기 일어나 창고로 갔습니
다. 먼지가 가득한 물건들을 헤치고 무언가를 찾던 어머니의 입
가에 미소가 걸렸습니다. 그것은 유행이 지나고 오래 되었지만
한번도 사용하지 않은 도시락이었습니다.

사실 그 무렵 어머니는 딸을 위해 새 도시락을 사두었습니다.
하지만 다음날 피곤한 몸으로 도시락을 싸는 아침이면 거짓말
처럼 새 도시락의 존재를 잊어버렸습니다.

그 일은 오랫동안 어머니의 한처럼 늘 가슴에 박혀 있었습니
다. 그런데 그 말을 듣자 어머니는 자신과 같은 무게의 한을 딸
역시 품고 있었다는 생각이 들었습니다. 어머니는 도시락을 정
성껏 닦고는 그 안에 사탕과 초콜릿 그리고 오랫동안 아끼고 간
직해왔던 딸이 어린시절 선물해준 손수건과 작은 거울을 넣었
습니다. 도시락을 예쁜 보자기로 싸고 책과 함께 정성스럽게 쓴

편지도 끼워 넣었습니다.

"엄마처럼 아픈 마음으로 그렇게 긴 시간을 보내며 엄마를 찾지 않았던 내 딸의 마음을 엄마가 이제야 알았구나. 정말 미안하다. 하지만 엄마는 언제나처럼 내 딸을 사랑한단다. 내 아가야! 단한순간도 널 잊어본 적이 없단다."

어머니는 서둘러 도시락을 들고 우체국으로 달려갔습니다. 소포 겉에 적힌 딸의 주소를 재확인하며 어머니가 우체국 직원에게 간절히 말했습니다.

"이 도시락을 너무 늦지 않게 받아볼 수 있게 해주세요."

며칠 후 딸에게서 전화가 걸려왔습니다. 그녀는 울고 있었는지 촉촉한 음성으로 말했습니다. 엄마의 사랑에 대해 의심하고 잠시나마 등을 돌렸던 자신이 원망스럽다며 그녀는 울기 시작했습니다. 어머니가 달래듯이 말했습니다.

"애야, 도시락이 너무 늦은 건 아니겠지?"

사랑에는 여러 가지 형태가 있는데, 그 중에서 자식에 대한 어머니의 사랑은 **가장 이기심이 없는 사랑**입니다. 사랑은 무상의 것일수록 쏟는 사람의 마음에 깊이 스며들어 생명의 힘이 되기도 합니다.

거친 바다에 사는 사람들

브라질의 한 어촌에 토토라고 불리는 어부가 살고 있었습니다.

그는 조상 대대로 어부 일을 하며 살아온 집안의 후손이었습니다. 그의 아버지 역시 어부였지만 얼마 전 파도에 배가 뒤집혀 그만 바다에서 세상을 떠나고 말았습니다. 그 배에 그도 타고 있었지만 구사일생으로 혼자 살아남을 수 있었습니다.

아버지가 죽자 토토는 깊은 시름에 잠겼습니다. 어릴 때부터 아버지를 따라 매일 나가던 바다였지만 쳐다보기조차 싫었습니다. 그는 도저히 바다로 다시 나갈 엄두가 나지 않았습니다. 혼자만 살아서 돌아왔다는 사실이 씻을 수 없는 죄책감처럼 가슴에 새겨져 괴로웠습니다.

오늘도 그는 괴로움을 잊고자 혼자 바닷가를 쏘다녔습니다. 그의 걸음이 멈춘 곳은 큰 바위가 있는 마을 입구였습니다. 아주 오래 전 먼 조상들이 그 바위에 새겨놓은 글이 눈에 들어왔습니다.

'바다에서 죽은 사람들과 앞으로 죽게 될 사람들을 위해 이 글을 남긴다. 예로부터 바다를 정복했던 사람들은 어떠한 일에도 굴복하지 않는 불굴의 의지를 보였다. 반면에 바다를 두려워했던 사람들은 자신의 몸에 난 종기마저 무서워 눈을 돌리는 나약함으로 한 평생 살아갈 수밖에 없었다. 바다에서 태어나 바다에서 자란 이곳 사람들은 저마다의 용기로 최고의 삶을 꾸려나가고 있다. 그의 마지막이 바다였음을 자랑하며 후손들까지 그 바다 곁에서 영원할 것을 다짐한다. 바다는 곧 우리의 삶이며 우리가 마지막으로 쉴 곳이기 때문이다.'

토토는 한동안 그 자리에 굳어버린 사람처럼 움직일 수가 없었습니다.

'내 아버지도 그리고 할아버지에 그 할아버지도 바로 이런 정신으로 지금까지 살아오셨겠지.'

오랫동안 슬픔에 잠겨있던 그는 다시 마음을 다잡을 수 있었습니다.

다음날부터 토토는 아버지의 고깃배를 수리하기 시작했습니다. 바다로 나갈 생각이었습니다. 친구들이 찾아와 걱정을 했습니다.

소중한 사람이 남긴 선물

"자네 아버지가 바다에서 돌아가셨고 자네도 죽을 뻔하지 않았는가? 그런데도 바다로 나갈 생각을 한다는 거야? 자넨 두렵지도 않나?"

"난 두렵지 않네. 어부의 아들이 바다를 두려워한다는 게 우습지 않나?"

"자네 할아버지께서도 어떻게 돌아가셨는지 자네도 잘 알잖아!"

"알고말고. 할아버지 역시 어부였고 바다에 나갔다가 풍랑을 만나 영영 돌아오지 못하셨지. 증조부께서도 역시 마찬가지셨지."

"아니 그렇게 모두들 바다에서 목숨을 잃었는데 자네마저 그 바다로 나갈 생각을 한다는 말인가? 더군다나 자네 역시 죽다 살아난 목숨이 아닌가?"

말없이 그물을 손질하던 토토가 조용히 물었습니다.

"자네 아버지께서도 얼마 전 돌아가셨는데 원인이 뭐라고 했었지?"

"전에도 말했지만 집에서 주무시다가 돌아가셨지. 워낙 연세가 많으셔서 주무시다 그대로 가신 셈이지."

"그럼 할아버지와 증조부께서는?"

"할아버지 역시 노환으로 집에서 숨을 거두셨다네. 증조부께서도 지병으로 자리보전을 하시다가 집에서 돌아가셨고."

그러자 토토가 약간 굳은 표정으로 말했습니다.

"허허, 거 참 묘한 일일세. 자네는 지금 어디에 살고 있는가?"

"당연히 우리 집에 살고 있지. 조상대대로 지금까지 단 한 번도 그 집을 떠나 적이 없다네."

"그래서 묘한 일이라는 걸세. 모두들 그 집에서 돌아가셨는데 어떻게 아직도 그곳에서 살 수 있단 말인가? 자넨 그 집이 무섭지 않은가?"

좋은 선장은 육지에 앉아서는 될 수 없습니다. 선장은 바다에서만 선장일 뿐 육지에서는 선장이 될 수 없는 까닭입니다. 지금 바다로 나가 무서운 **태풍과 싸운 자만이 훌륭한 선장**이 될 수 있습니다.

감동을 주는 최고의 연기

로젠은 밀라노광장에서 공연하는 거리의 예술가입니다. 그는 비록 길거리 공연이지만 관객들이 던져주는 박수가 하루의 위안이었습니다. 그리고 이따금 내미는 몇몇 관객들의 푼돈으로 끼니를 해결하였습니다.

하루 종일 마임 연기를 하며 보냈지만 오늘은 관객들의 호응이 별로 좋지 않았습니다. 밀린 방세를 오늘까지 해결하라는 주인집 여자의 목소리가 떠올랐습니다.

그는 그만 공연을 접기 위해 짐을 챙겼습니다. 그때 백발의 노신사가 그를 불러 세웠습니다.

"젊은이, 가는 길을 잡아 미안하지만 자네의 마임연기를 한 번 보여줄 수 없겠나?"

"죄송하지만 오늘은 그만하려구요."

그러자 노신사가 수표 한 장을 불쑥 내밀며 말했습니다.

"1000유로인데 이 정도면 되겠는가?"

로젠은 눈을 의심했습니다. 분명 노신사가 내민 것은 1000유로짜리 수표가 틀림없었습니다. 그 돈이면 밀린 방세를 내고도 남을 충분한 액수였습니다. 그는 노신사와 수표를 번갈아 쳐다보았습니다.

어리둥절해 하는 로젠을 바라보며 노신사가 말했습니다.

"그 대신 조건이 있네."

"예? 조건이라니요?"

"나는 자네의 마임을 보면서 즐겁고 흐뭇한 기분을 느끼고 싶네. 그런데 만약 내가 즐겁지 않고 전혀 웃지도 않는다면 이 돈은 줄 수가 없네."

"그런 조건이라면 기꺼이 보여드리죠!"

그는 노신사 앞에서 자신이 지닌 최고의 마임 연기를 펼치기 시작했습니다. 노신사는 벤치에 앉아 느긋하게 그의 연기를 감상했습니다.

그런데 시간이 지날수록 노신사는 즐거워하기는커녕 화가 난 사람처럼 무표정하게 바라만 보고 있었습니다. 그는 차츰 초조해지기 시작했습니다. 벌써 삼십 분 넘게 연기를 했는데, 노신사는 웃음은커녕 미소 한번 짓지 않았습니다.

그는 화가 나기 시작했습니다.

'음, 처음부터 내게 돈을 줄 생각이 없었던 것 아냐? 나를 골탕 먹이려고 하는 짓 같은데….'

그는 하던 연기를 멈추고는 노신사에게 몇 걸음 다가가며 언성을 높였습니다.

"지금 저를 놀리시는 겁니까? 지금까지 저는 최고의 마임연기를 보여드렸는데 왜 아무런 반응이 없는 거죠? 이제 더 이상은 보여드릴 게 없습니다. 결국 어르신은 처음부터 웃음이 없는 사람이었습니다. 아마 어르신을 즐겁게 해 줄 사람은 이 세상에 아무도 없을 거라고요!"

화를 내는 그를 물끄러미 바라보던 노신사가 일어서며 말했습니다.

"자네는 꿈이 뭔가?"

난데없는 질문에 그는 신경질적으로 대꾸했습니다.

"제 꿈은 어르신 같은 사람만 빼고 모든 사람들을 즐겁게 해 주는 최고의 마임연기자가 되는 겁니다."

그러자 노신사가 껄껄 웃기 시작했습니다.

"하하하, 이거 받게나."

노신사가 건네준 것은 약속했던 1000유로짜리 수표였습니다. 노신사가 미소를 지으며 말했습니다.

"사실 자네의 마임 연기는 최고였네. 하지만 자네는 연기를 하는 동안 나와 눈을 마주친 적이 한 번도 없었네. 결국 자네는 돈만을 생각하고 있어서 연기를 보고 있는 나에게는 신경을 쓰지 않았다는 걸세. 연기는 최고였지만 관객을 생각하지 않는 혼자만의 유희였지. 그런 연기는 누구에게도 감동을 줄 수 없다는 것을 말하고 싶었네. 그런데 묘한 것은 자네가 내게 신경질을 낼 때는 너무도 진지하게 눈을 마주쳤다는 점이지. 내 눈빛은 물론 표정과 속마음까지 꿰뚫어 보듯 당당하게 말일세. 결국 자네는 매우 솔직하게 스스로를 표현할 줄 아는 사람이라는 뜻이야. 그런데 그것을 표현하지 못하면 사람들에게 아무런 감동과 즐거움을 줄 수 없다네."

노신사의 말을 묵묵히 듣고 있는 그는 아무런 대꾸가 없었습니다. 노신사가 다시 말문을 열었습니다.

"관객들에게 자네를 억지로 이해시키려고 하지 말게. 그보다 먼저 관객들을 이해하면 웃음과 감동은 저절로 만들어진다네. 사람들에게 웃음과 감동을 선물한다는 것은 매우 어렵지만 소중한 일이네. 하지만 자네라면 멋지고 기억에 오래 남을 최고의 연기자가 될 수 있을 게야."

노신사가 그의 손에 수표를 쥐어주고는 그 자리를 떠났습니다.

인생을 살아가는 우리들을 연기자라고 한다면, 마지막 순간에 웃을 수 있는 사람보다는 **순간순간을 열심히 그리고 최선을 다해서,** 나보다는 남을 생각하며 살아간 사람을 최고의 연기자라고 할 수 있을 것입니다.

사랑을 밝히는 양초 두 자루

알뜰하게 저축하고 누구보다 열심히 산 덕분에 그녀는 마침내 새 아파트로 이사를 했습니다. 너무 기쁜 나머지 전날 한숨도 못 자고 밤을 꼬박 새운 그녀는 이삿짐을 정리하면서도 피곤한 줄 몰랐습니다.

그런데 정리가 미처 끝나기도 전에 정전이 되어 난감했습니다. 그녀는 더듬거리며 겨우 양초를 찾아 불을 밝혔습니다. 그 때 문을 두드리는 소리가 들려 나가보니 앞집에 산다는 소녀가 양손을 뒤로 한 채 서 있었습니다.

"아줌마, 초 있어요?"

그녀는 어이가 없었습니다. 이사를 잘못 온 게 아닌가 하는 생각마저 들었습니다. 이사 온 첫날부터 아이에게 물건을 빌려오라고 시키는 것을 보면 앞으로 귀찮은 일이 한 두 가지가 아닐 것 같은 생각이 들었습니다.

그녀는 망설였습니다. 자신을 만만하게 생각하는 잎집사람에게 양초를 순순히 빌려주면 다음에는 또 무엇을 요구할지 모른다는 생각 때문이었습니다. 처음부터 버릇을 고쳐야겠다는 생각에 그녀는 매몰차게 말했습니다.

"아줌마가 이제 막 이사를 와서 양초가 없단다."

그녀가 막 문을 닫으려고 할 때였습니다. 소녀가 양손을 앞으로 내밀며 작은 소리로 말했습니다.

"저기요. 우리 엄마가 이걸 갖다드리라고 했거든요."

앞으로 내민 소녀의 양손에는 제 팔뚝만한 양초 두 자루가 들려있었습니다.

어떻게 하면 자신에게 도움을 줄 사람을 만날 수 있을까요? 세상은 참으로 공평해서 당신이 한 사람을 도와주면 당신을 도와줄 사람이 나타나기 마련입니다.
당신이 한 사람도 도와주지 않는다면, 당신을 도와줄 사람은 단 한 사람도 없을 것입니다.
자신에게 도움을 줄 사람을 만나는 방법은 아주 쉽습니다. 그것은 당신이 먼저 누군가에게 도움을 주기만 하면 됩니다.

소중한 사람이 남긴 선물

아홉 살 선희는 아빠를 기다리는지 쉽게 잠을 이루지 못했습니다. 엄마가 딸의 등을 토닥거리며 말했습니다.

"아빠는 꼭 오실 거야. 그런데 네가 잠을 자지 않으면 오시지 않으니 어서 자렴."

엄마는 코끝이 시큰해졌습니다. 딸이 잠들자 방에서 나온 엄마는 눈물을 흘렸습니다.

내일은 선희의 생일입니다. 매년 딸의 생일 전날 밤이면 남편은 아픈 몸으로 병원을 나와 집으로 오곤 했습니다. 딸에게 직접 선물을 주고 싶어 하는 남편의 뜻을 거역할 수가 없었습니다. 하지만 올해는 그럴 수가 없습니다.

남편은 6년이라는 긴 투병생활을 했었습니다. 반드시 건강을 회복해 집으로 돌아오겠다고 다짐을 했지만 지난 겨울 세상을 떠나고 말았습니다.

남편을 떠나보내고 처음 맞이하는 딸의 생일에 계속 슬픔에 빠져있을 수만은 없었습니다. 딸에게까지 슬픔을 안겨주고 싶지 않았습니다. 언젠가는 사실을 말해야 하겠지만 아직 어린 딸이 받을 슬픔을 생각하면 도저히 그럴 수가 없었습니다.

남편 대신 사놓은 딸의 생일 선물을 확인했습니다. 딸이 잠들면 평소 남편이 그랬듯이 몰래 머리맡에 갖다놓을 생각이었습니다. 남편은 그렇게 선물만 놓고는 서둘러 병원으로 돌아갔었습니다. 병색이 짙은 모습을 집에서까지 보이는 것을 싫어했습니다. 그리고 행여 딸이 깨면 다시는 병원으로 돌아갈 수 없을 것 같다며 무거운 걸음을 돌렸습니다.

그녀는 눈물을 닦으며 딸이 깊이 잠들었는지 확인하기 위해 방문을 열었습니다. 그런데 방 안에 불이 켜져 있어 어리둥절했습니다. 그때 딸 옆에 깔린 자신의 이불 위에 흰 편지봉투가 놓인 것을 발견했습니다. 조심스럽게 봉투를 집어든 그녀는 깜짝 놀라고 말았습니다. 봉투 겉면에는 남편의 이름이 적혀 있었습니다.

그녀는 떨리는 가슴을 진정시킬 수가 없었습니다. 천천히 편지를 읽어가는 그녀의 손이 떨렸습니다.

글을 쓸 힘이 없어 간호사에게 받아쓰게 하는 거라오.

여보! 무엇보다도 먼저 하고 싶은 말은 내가 이 세상에서 사랑했던 여자는 당신뿐이라는 거요.

고마운 당신, 그리고 가엾은 우리 딸 선희를 생각하면 가슴이 아프오.

돌이켜보면 한때라도 당신을 행복하게 해준 적이 없었던 것 같아 마음이 아프오.

내가 살날이 얼마 남지 않았음을 나는 알고 있소.

내가 죽고 나면 당신과 선희의 고생이 어떨지 훤히 보이는 것 같아 마음이 무척 괴롭소.

하지만 여보, 나는 항상 당신과 선희를 지켜보고 있겠소. 내가 없다고 너무 슬퍼하지 말고 내 사랑을 전하는 것으로 이번 선희의 생일 선물을 대신하려다.

당신과 우리 선희를 만난 것을 내 일생의 최고 선물이라 생각하겠소. 부디 선희와 아름답고 행복한 시간 만들며 그 선물이 더욱 소중한 것이 될 수 있도록 열심히 살아주오.

당신과 선희를 사랑하는 사람이.

편지를 읽는 그녀의 눈에 다시 눈물이 가득 고였습니다. 그때 자고만 있는 줄 알았던 딸의 목소리가 들렸습니다. 이불 밖으로 얼굴을 내민 딸의 눈에도 눈물이 가득했습니다.

"엄마, 울지 마세요. 그 편지, 아빠가 병원에 계실 때 내 생일날 엄마에게 드리라고 나한테 맡긴 거예요. 엄마, 울지마. 언젠가는 아빠를 다시 만날 수 있다고 엄마가 그랬잖아."

 그녀는 딸을 꼭 끌어안았습니다. 딸의 온기가 남편의 빈자리를 채워주는 듯했습니다.

 "고마워요, 여보! 당신이 내게 남긴 가장 값진 선물은 바로 선희예요. 그리고 오늘 선희 생일에도 당신은 변함없이 소중한 선물을 주셨어요. 고마워요. 그리고 사랑해요."

소중한 사람은 영원히 잊혀지지 않는 시간 속에서 우리와 함께합니다.
사랑하는 사람은 그래서 지워지지 않는 고귀한 선물입니다.
사랑은 그래서 무엇과도 바꿀 수 없습니다.

나를 지켜준 내 친구 무인도

연쇄 살인범에 대한 재판이 열리는 날, 사람들의 관심은 온통 그 재판결과에 쏠려 있었습니다.

"사형제도가 폐지되었으니 저렇게 흉악한 살인범에게 어떤 형이 내려질까?"

"글쎄 말이야. 그래서 사형제도를 없애는 게 아니라니까."

사람들은 판사가 과연 어떤 형벌을 내릴 것인지 궁금해 하며 재판을 지켜보고 있었습니다.

드디어 판사가 판결문을 낭독하기 시작했습니다.

"피고의 범죄는 너무나 끔찍해서 어떤 형벌을 주더라도 부족하다. 본 판사는 피고에게 이 세상에서 가장 무서운 형벌인 고독형을 선고한다. 피고는 앞으로 육지와 멀리 떨어진 무인도에서 평생을 보내게 될 것이다. 단 1년에 한 번씩 피고의 상태를 확인할 것이다."

판사가 내린 판결에 대해 불만을 표시하는 사람들도 있었지만 무인도에 보내진 살인범이 고독을 참지 못하고 자살할 것이기 때문에 사형을 선고한 것과 같다고 말하는 사람들도 많았습니다.

마침내 살인범은 무인도로 추방당하게 되었고, 씨를 뿌리고 수확을 얻을 때까지 1년 동안 생활할 수 있는 물품들이 지급되었습니다.

시간이 흘러 1년이 되던 날, 경찰관계자들이 무인도를 찾아갔습니다. 아마 스스로 목숨을 끊었을 거라고 모두들 그렇게 생각했지만 살인범은 그대로 살아있었습니다. 마르고 힘들어 보이긴 했지만 멀쩡히 살아있었던 것입니다.

다시 1년이 지나서 찾아갔을 때에도 살인범은 여전히 살아있었습니다. 그렇게 세월이 흘러 10년이 지나 열 번째로 무인도를 방문할 때는 무인도 유배를 선고했던 판사도 동행했습니다. 판사는 그때까지도 그 살인범이 살아있다는 말을 믿을 수가 없었습니다.

이윽고 무인도에 도착한 그들은 나무로 만든 집에서 단잠을 자고 있는 편안한 얼굴의 살인범을 만날 수 있었습니다. 판사는 믿을 수 없다는 표정으로 살인범에게 물었습니다.

"도대체 어떻게 고독을 이겨냈는가?"

그러자 살인범이 미소 지으며 대답했습니다.

"판사님 생각대로 인간에게 가장 무서운 벌은 분명히 고독이었습니다. 홀로 무인도에 남겨졌을 때 차라리 자살하는 게 낫겠다고 생각했습니다. 가장 양지마른 곳을 찾아 칡넝쿨로 끈을 만들어 목을 매달아 죽으려고도 했었지요. 그런데 제가 죽으려고 하자 이 섬이 말하더군요. '이봐! 죽지마. 그동안 나도 얼마나 고독했는지 몰라. 이제 너에게는 내가, 나에겐 네가 있잖아. 우리 같이 행복하게 살자. 자연과 어울리는 법을 내가 가르쳐줄게.' 그래서 죽기를 포기하고 이 섬과 함께 살아가는 법을 배우는 데 3년의 시간이 걸렸습니다. 물론 당시엔 힘들었지만 지금은 이렇게 평화롭게 무인도와 잘 살고 있답니다."

자연은 인간에게 모든 것을 주었습니다. 저 푸른 하늘과 아름다운 꽃들, 울창한 수풀을 주었습니다. 목이 마를 때는 맑은 샘물을 주고 배가 고플 때는 먹을 것을 주었습니다.

우리 인간이 겸허한 마음으로 돌아가서 자신을 바라볼 때 우리가 누리고 있는 이 모든 것들을 준 존재에 대해 진정으로 감사의 기도를 드릴 수 있을 것입니다.

물고기 일곱 마리의 행복

마기오의 한 작은 어촌에 세 끼 조차 해결하기 버거울 정도로 가난한 맥코이 부부가 있었습니다.

그들은 다 쓰러져가는 집에서 무려 다섯이나 되는 자식들을 보듬은 채 매일 끼니 걱정을 하며 힘겹게 살았습니다. 하지만 그들은 가난이 삶의 전부라고 생각하지 않고 성실하게 하루하루를 이어갔습니다.

날품을 파는 남편은 그나마도 일이 없는 날이 많아 가족들 볼 면목이 없었습니다. 그런 날은 강가로 나가 저녁 밥상에 올릴 물고기를 잡는 것으로 가장의 역할을 대신했습니다. 그런데 이상한 것은 아무리 노력을 해도 물고기를 일곱 마리 이상 잡을 수가 없었습니다. 결국 물고기는 한 사람 앞에 한 마리씩밖에는 돌아오지 않았습니다. 한창 자라나는 아이들에게 작은 물고기 한 마리는 배를 채우기에 턱없이 부족했습니다.

그나마 다행인 것은 아이들은 주린 배를 움켜쥐고도 집안 사정을 헤아리는지 보채거나 울지 않았습니다. 하지만 앙상한 뼈를 드러낸 아이들을 볼 때마다 부부의 마음은 찢어질 듯 아팠습니다. 남편은 잠자리에 들 때면 속으로 기도를 했습니다.

'작은 물고기 한 마리로는 너무 부족합니다. 내일은 제발 더 많은 물고기를 잡을 수 있도록 도와주십시오.'

그러던 어느 날, 그는 평소처럼 강으로 나가 물고기를 잡았습니다. 하지만 물고기는 여전히 일곱 마리 밖에는 그의 손에 쥐어지지 않았습니다. 잡은 물고기를 갖고 집으로 가는데 아내가 헐레벌떡 뛰어오는 것이 보였습니다. 아이 가운데 막내가 그만 독초를 잘못 먹고 죽었다는 날벼락 같은 소식이었습니다. 얼마나 배가 고팠으면 그랬을까 하는 생각에 남편은 목이 멨습니다.

그와 아내는 깊은 상심에 빠지고 말았습니다. 아이가 죽은 것이 자신들 탓이라 여겨지니 차마 고개를 들어 하늘을 볼 수조차 없었습니다. 하지만 그 와중에도 이제부터는 물고기 한 마리를 더 먹을 수 있다는 생각이 불쑥 파고들었습니다.

슬픔과 죄책감으로 밤을 꼬박 새운 남편은 아침 일찍 강으로 나갔습니다. 그래도 가족 중 누군가는 물고기 한 마리를 더 먹을 수 있다는 생각으로 위로를 삼았습니다. 그런데 어찌된 일인지 물고기가 여섯 마리밖에 잡히질 않았습니다. 그는 너무 절망한 나머지 주저앉아 울었습니다.

"아아, 물고기 일곱 마리를 잡았을 때는 비록 가난했지만 가족 모두 모여 정을 나눌 수 있었는데…."

행복한 날에는 즐기고 재앙이 있는 날에는 생각하라는 말이 있습니다. 신은 이 두 가지를 함께 내려 보내기 때문입니다. 두 가지 모두가 바로 우리가 짊어져야 할 것들입니다. 그것 모두를 수용할 수 있는 사람만이 **진정한 용기를 지닌 자**일 것입니다.

갈림길에 선 엇갈린 운명

농사만 짓고 살던 두 청년이 각각 상해와 북경으로 가기 위해 버스 터미널에 앉아 있었습니다.

그때 옆에서 두 사람의 대화를 듣던 한 사내가 끼어들었습니다.

"보아하니 두 사람 모두 가는 곳이 초행길인가본데 아무런 정보도 없이 함부로 덤벼들면 안 됩니다. 내가 알고 있기로는 상해사람들은 아주 영특해서 외지인이 길을 물어도 돈을 받는다고 합니다. 그리고 북경사람들은 순박해서 끼니를 굶은 사람을 보면 선뜻 밥을 주고 입던 옷까지 벗어준다고 들었어요."

그 말을 들은 두 청년은 잠시 고민에 빠졌습니다. 상해로 가려던 청년이 생각했습니다.

'상해가 그렇게 삭막한 곳이라면 괜히 갔다가 거지가 돼서 돌아올지도 몰라. 차라리 돈을 못 벌어도 굶어죽을 염려가 없는 북경으로 가는 것이 좋겠어!'

그렇게 생각한 청년은 그나마 아직 타려고 했던 상해행 버스가 도착하지 않은 것이 천만다행이라고 여겼습니다.

반면에 북경으로 가려고 했던 청년도 나름대로 깊은 생각에 잠겼습니다.

'상해가 그런 곳이라면…. 길만 가르쳐줘도 돈을 벌 수 있다면 말 그대로 기회의 땅이 아닌가! 노력만 하면 얼마든지 부자가 될 수 있는 곳이야! 무엇이든지 열심히 일하기만 하면 그만한 대가가 충분히 돌아온다는 소리니 상해로 가야겠군.'

그는 돈을 벌 수 있는 기회를 놓칠 뻔했다며 혼자 가슴을 쓸어내렸습니다. 두 사람은 기꺼이 각자 갖고 있던 버스표를 바꿨습니다. 그리고 서로 언젠가 부자가 되어 다시 만나자며 인사도 나누었습니다.

두 사람은 결국 처음 예정했던 것과는 반대의 길로 각자 떠났습니다.

북경에 도착한 청년은 정말 대만족이었습니다. 벌써 한 달이 넘도록 아무런 일도 하지 않고 빈둥빈둥 거리를 돌아다녔지만 별 탈 없이 잘 지낼 수 있었습니다. 굶기는커녕 구걸을 할 때도 많고 사람들 인심도 소문대로 좋아서 어려움 없이 지낼 수가 있었습니다. 그는 일자리를 찾기보다는 자유롭게 거리를 쏘다니며 구걸해서 얻는 것으로 하루하루를 보냈습니다.

한편 상해로 간 청년은 첫날부터 잔뜩 긴장을 한 채 자신을 다그쳤습니다. 길을 묻고 화장실을 갈 때조차 돈을 내야하는 곳이라 처음부터 절약하지 않으면 안 되는 상황이었습니다. 그리고 자신도 조금만 부지런을 떨고 머리를 써서 노력하면 돈을 벌 수 있는 곳이라고 다시 한 번 생각을 굳혔습니다.

그가 가장 먼저 한 일은 흙과 나뭇잎을 섞어 만든 거름흙을 파는 일이었습니다. 화분을 가꾸는 사람들에게 필요한 흙이었는데 상해사람들이 유난히 꽃을 좋아한다는 사실을 파악하고 시작한 일이었기 때문에 성과가 좋았습니다.

그는 일 년 후 화분용 흙을 파는 전문 가게를 열 정도로 급성장을 할 수 있었습니다. 그는 그것으로 만족하지 않았습니다. 그는 거리를 걷다가 우연히 발견한 더러운 간판에서 새로운 사업을 구상해서 간판 전문 청소 용역업체를 설립했는데 그것 역시 반응이 좋아 그의 사업은 날로 번창하게 되었습니다.

그는 그렇다고 거만하게 책상에 앉아 명령만 내리는 성격은 아니었습니다. 작은 일에도 직접 나서 파악하고 해결하는 적극적인 자세를 잊지 않았습니다.

얼마 후 그는 시장조사를 위해 북경으로 가게 되었습니다. 기차에 오른 그는 그동안 구상한 새로운 사업에 대한 기대에 부풀어 있었습니다. 북경역에 도착한 그가 가방을 챙기고 자리에서 일어서는 순간 허리를 굽히며 힘없는 소리로 구걸하는 사람을 보았습니다.

"혹시 여유가 있으시면 제게 자선을 베푸십시오."

그 순간 두 사람은 서로의 얼굴을 보고 깜짝 놀랐습니다.

두 사람은 세월이 지났지만 5년 전 버스표를 바꾸었던 서로의
모습을 똑똑히 기억하고 있었습니다.

성공의 기회가 찾아오지 않는 사람은 없습니다. 다만 기회라는 사실을
눈치 채는 사람과 그렇지 못하는 사람이 있을 뿐입니다.
기회를 쉽게 깨닫지 못하는 사람은 기회란 그렇게 쉽게 오는 게 아니라
고 미리 마음의 문을 닫고 있는 사람입니다.
누구나 인생에 성공의 기회와 만날 수 있다는 사실을
믿는다면, 당신에게 다가올 멋진 기회가 찾아올 것입니다.

소중한 사람이 남긴 선물

나타낼 수 없는 어머니의 모습

마을 광장으로 사람들이 슬픈 표정을 지으며 모여들
었습니다. 광장 한 가운데에는 단두대가 설치되어 있었고 그 단
두대 앞에는 한 소녀가 서 있었습니다. 소녀는 억울한 누명을
쓰고 처형당할 운명이었습니다. 드디어 소녀가 단두대에 목을
넣었습니다. 소녀의 억울한 죽음을 아는 마을 사람들은 슬픔을
이기지 못해 여기저기서 흐느꼈습니다.

단두대에서 들려오는 소리와 함께 소녀의 짧은 비명이 광장
을 메아리쳤습니다. 사람들은 차마 단두대를 똑바로 쳐다보지
못하였습니다. 그 사람들 속에는 소녀의 어머니도 있었습니다.
자신의 눈앞에서 억울하게 처형을 당하는 딸의 모습을 지켜본
어머니의 비통함은 이루 말할 수가 없었습니다.

그때 마을 사람들과 함께 광장에 있던 화가가 소녀의 죽음을 슬퍼하는 사람들의 비통한 표정을 화폭에 담고 있었습니다. 어찌나 생생하던지 그 그림을 본 사람들은 더 슬픔에 잠겨 눈물을 흘리지 않을 수 없었습니다. 그 그림에는 슬픔에 휩싸인 마을 사람들의 표정이 마치 살아있는 것처럼 그려져 있었습니다. 그런데 그의 그림 속에 있는 많은 사람들 중 유독 한 사람의 얼굴만 가려져 있었습니다. 마을 사람들 중 누군가가 화가에게 물었습니다.

　"이 사람은 누굽니까? 그리고 왜 얼굴이 가려져 있습니까?"

　그러자 화가가 침통한 목소리로 대답했습니다.

　"여러분들의 슬픔은 내일이면 잊을 수 있는 것이기에 그릴 수 있었지만 소녀의 어머니 얼굴은 영혼에서 진심으로 우러나오는 슬픔 그 자체였기에 감히 그릴 수가 없었습니다."

에스키모 사람들은 **슬픔을 이겨내는 관습**이 있습니다. 슬픔이 점점 가라앉을 때까지 그들은 하염없이 걷고 또 걷습니다. 그러다가 슬픔이 가라앉으면 그곳에 자기만의 표시를 해둔다고 합니다. 어느 날인가 또다시 슬픔이 차오르면 또다시 무작정 걷습니다. 그러다가 자신이 표시해 둔 곳에 이르게 되면 다시 마음을 다잡고 다시 자신의 삶 속으로 걸어 들어간다고 합니다.

눈물로 꺼진 촛불

그에게는 아주 예쁜 딸이 하나 있었습니다. 물론 사람들은 별로 예쁘다고 생각하지 않을 수도 있지만 그에게는 그 누구보다 귀한 존재였습니다.

그가 열심히 일을 하는 이유도 딸과 함께 행복한 삶을 이어가고 보다 좋은 환경을 만들어 주기 위해서였습니다. 그의 삶에 대한 열정은 바로 딸에 대한 사랑이었고 목적도 딸에 대한 사랑이었습니다.

그런데 그런 딸이 중병에 걸리고 말았습니다. 그리고 그의 극진한 간호와 노력에도 불구하고 그만 죽고 말았습니다. 그는 그 사실을 받아들일 수 없었습니다. 결코 다시 정상적인 생활로 돌아갈 수 없을 것 같았습니다.

그러던 어느 날, 그는 꿈을 꾸었습니다. 꿈속에서 그는 천국에 올라가 있었고 그리고 그곳에서 어린 천사들이 촛불을 들고 행진을 벌이는 것을 볼 수 있었습니다. 그는 넋을 잃고 바라보다가 그 대열 속에 있는 한 천사를 유심히 보게 되었습니다. 유독 그 천사의 촛불만 꺼져 있기 때문이었습니다.

'아니, 무슨 일이지? 다른 천사들의 촛불은 모두 밝게 타오르고 있는데.'

이상하다는 생각에 자세히 그 천사를 보는 순간, 그는 그 천사가 바로 자신의 딸이라는 것을 알게 되었습니다. 그가 딸에게 달려가 포옹을 하며 물었습니다.

"아가야! 무슨 일이냐? 왜 네 촛불만 꺼져 있는 거지?"

아빠의 질문에 딸은 슬픈 얼굴로 대답했습니다.

"아빠, 계속 초에 불을 붙이지만 꺼져버려요. 불을 붙일 때마다 아빠의 눈물이 내 초에 떨어져 불이 꺼지는 거예요."

잠에서 깨어난 아빠는 다짐했습니다. 이제는 내 딸의 촛불을 밝히리라고.

소중한 사람을 잃는 것은 큰 슬픔이지만 그들을 마음속에 곱게 간직하고 그들과의 행복했던 시간을 곱씹고 추억하면서 지내는 것 또한 큰 슬픔에 버금가는 기쁨과 행복이 될 수도 있습니다.

영혼을 그리는 화가

　　로리는 화가와 사진작가들 사이에 최고로 인기 있는 누드모델이었습니다. 그녀의 소망은 그녀의 모습을 담은 그림들을 모아 작은 전시회를 여는 것이지만, 요즘은 서른 살을 넘기고 예전의 아름답고 탄력 있던 몸매마저 잃어 차츰 사람들의 기억에서 잊혀져가는 신세가 되었습니다. 전에는 하루에도 몇 번씩 모델 요청이 있었지만 지금은 두어 달에 겨우 한 번 정도 연락이 오는 형편이었습니다.

　　생활 형편도 좋지 않았고 하루하루 살아갈 걱정만 더해지는 나날의 연속이었습니다. 그래서 그녀의 힘겨운 나날은 슬픔이 되어 절망 같은 아득한 시간 속에서만 신음할 수밖에 없었습니다.

그러던 어느 날 전화가 걸려왔습니다. 그녀에게 누드모델을 제안하는 어느 화가의 전화였습니다. 그녀는 날아갈 듯 기뻤습니다. 생활비가 다 떨어져 집안에는 먹을 것이 서의 없는 형편이었는데 정말 다행이었습니다.

약속된 화가의 작업실에 도착한 그녀는 자신을 바라보는 화가의 시선 때문에 주춤했습니다. 그녀를 본 화가의 표정이 심상치 않았습니다. 그녀는 기분이 약간 상했지만 화가가 가리키는 곳으로 걸어가 옷을 벗었습니다. 그리고 원하는 포즈를 취하며 모델로서의 본분에 충실하려고 노력했습니다. 그런데 예리하게 주시하며 그녀를 살피던 화가의 표정이 다시 굳어졌습니다. 화가는 아무런 말도 남기지 않고 작업실 구석에 있는 방으로 들어가 버렸습니다.

그녀는 화가의 예의 없는 태도에 화가 났습니다. 하지만 어쩔 수 없는 일이었습니다. 그런데 그때 찰칵하고 카메라 셔터 누르는 소리가 들렸습니다. 화가가 숨어서 그녀를 찍고 있었습니다.

그녀가 화가에게 다가가 말했습니다.

"지금까지 수많은 작가들과 일을 해왔지만 당신처럼 무례한 사람은 처음이군요!"

그녀가 격양되어 소리쳤지만 화가는 아무런 말도 하지 않고 그녀에게 모델료를 건네고는 휑하니 나가버렸습니다. 그녀는 마지막 남은 자존심마저 짓뭉개진 사람처럼 비참했습니다. 눈에서 눈물이 왈칵 쏟아졌습니다.

그녀의 우울증은 더욱 심해지고 집안에 갇혀 꼼짝도 하지 않는 생활이 이어졌습니다. 그러던 며칠 후 다시 그 화가에게서 전화가 걸려왔습니다.

"오늘부터 한 달 동안 매일 작업실로 와서 모델을 해주시오. 허락한다면 보수는 충분히 드리리다. 다만 한 가지 조건이 있는데 당신은 작업실에서 내 모습을 보지 못할 것이오. 그냥 정해진 시간 동안 작업실에서 편하게 쉬다가 가면 되는 일이니 어렵게 생각하지 마시오."

화가는 일방적으로 자신의 말만 하고는 전화를 끊어버렸습니다. 그녀는 기가 막혔지만 어차피 한 달만 꾹 참으면 그만한 보수는 보장이 되는 일이라 결국 화가의 모델이 되기로 결심했습니다.

화가의 말대로 그녀가 작업실에서 하는 일은 특별한 것이 없었습니다. 작업실 안에서 시간을 보내다 시간이 되면 탁자 위에 놓인 그날의 일당을 챙기고는 집으로 돌아왔습니다. 그렇게 하루하루 시간이 지나면서 그녀의 표정은 차츰 밝아지기 시작했습니다. 어쩔 수 없이 시간에 떠밀려 작업실로 향하던 그녀에게 변화가 생겼습니다. 작업실로 가는 시간이 기다려졌고 즐거운 마음으로 아주 평온하게 머물다 올 수 있었습니다.

그렇게 약속된 한 달이 거의 지나고 드디어 화가와 만나는 마지막 날이었습니다. 화가의 작업실 문을 여는 순간 그녀는 깜짝 놀라고 말았습니다. 그녀의 눈앞에 펼쳐진 것은 자신의 모습을 담은 수많은 그림들이었습니다.

화가는 보이지 않는 곳에서 그녀를 그렸던 것입니다. 그 중에는 그녀의 젊은 시절 아름답고 젊음이 흘러넘치는 생기어린 모습을 담은 그림도 있었습니다. 반면에 최근 그녀의 모습을 담은 그림들은 차마 보고 싶지 않을 정도로 추한 모습이었습니다.

그런데 그림을 차례대로 확인하던 그녀가 걸음을 멈추었습니다. 마지막 그림, 아니 캔버스에는 그림 대신 이런 글이 적혀있었습니다.

'나는 당신이 아름다웠던 시절부터 스케치하고 그 위에 색을 입혀왔습니다. 나는 보잘 것 없던 미술학도였고 당신은 아름다운 모델이던 시절이었지요. 그때부터 지금까지 나는 당신을 사랑해 왔습니다. 하지만 당신은 스스로를 사랑하는 법을 모르는 여자였습니다. 어떤 훌륭한 포즈나 아름답고 탄력 있는 몸 그리고 풍만한 가슴마저도 진정한 당신을 표현하지는 못합니다. 당신은 지금의 당신이 얼마나 아름다운 사람인지 알지 못하고 있습니다. 나는 당신의 보이지 않는 모습을 더욱 사랑합니다. 그래서 이 그림들을 당신에게 바칩니다. 지금 그대로의 모습이 얼마나 눈부신지 당신도 깨달았으면 좋겠습니다.'

그녀는 무언가를 깨달은 듯 황급히 작업실 문을 열고 밖으로 뛰쳐나갔습니다. 화가를 찾기 위해 그녀는 사방을 뛰어다녔습니다. 잠시 후 저 멀리 화가의 뒷모습이 보이자 그녀가 정신없이 달려갔습니다. 그의 손을 잡은 그녀가 소리치듯 말했습니다.

"나를 깨닫게 해준 당신이 정말 고마워요! 당신은 있는 그대로의 나를 사랑해준 유일한 사람이에요. 그리고 내가 소망하던 작은 전시회를 지금 보았어요! 이제부터 당신의 유일한 모델이 되어드릴 게요. 평생 나를 그려주세요. 더 이상 숨지도 말고 피하지도 말고…."

외면적인 젊음은 세월이 흐르면서 사라지지만
내면적인 젊음은 마음에 달려있습니다.
마음이 젊다면 일흔 살에도 젊을 수 있지만
마음이 늙었다면 스무 살에도 늙어 보일 것입니다.
나이 먹는 것은 자연의 섭리입니다.
십대에는 십대의 모습을
육십에는 육십의 모습을 지니는 것이 자연스럽지만
더 중요한 것은 마음의 젊음을 유지하는 것입니다.
마음이 젊으면 생활이 즐겁고
생활이 즐거우면 자연히 젊고 아름답게 보입니다.

삶의 희망을 가져다준 빵

여덟 살 무렵 보육원을 무작정 뛰쳐나온 그는 떠돌이 생활을 시작했습니다. 잠은 지하도나 공원 벤치에서 잤고, 추운 겨울에는 공중전화 부스를 찾아 새우잠을 자기도 했습니다. 온갖 고생을 하면서도 그는 젊은 날의 추억이라며 애써 고통을 감추려 했습니다. 그러나 당장이라도 쓰러질 것만 같은 배고픔 앞에서는 그도 어쩔 수 없었습니다. 가진 돈조차 없을 때는 별 수 없이 가게에서 먹을 것을 훔쳐야만 했습니다.

스무 살을 넘긴 어느 날, 슈퍼에서 몰래 빵을 훔쳐 도망나오다가 그만 주인에게 들키고 말았습니다. 그때 누군가 나서며 말했습니다.

"이 사람 빵 값은 제가 낼 겁니다."

금테 안경을 쓴 청년이었는데 순간 반가운 생각부터 들었습니다. 청년은 그의 빵 값을 대신 계산하고는 자기 손에 들려있던 비닐봉투까지 그에게 내밀었습니다.

"저도 마침 빵하고 우유를 샀는데 이것도 드세요."

순간 그는 자존심이 무너져 소리를 버럭 질렀습니다.

"뭐야, 내가 거지인 줄 알아?"

사실 본심은 그게 아니었지만 자신보다 부유해 보이고 부모를 잘 만나 호강하는 것 같아 미운생각이 들었습니다. 그래서 나이도 훨씬 많아 보이는 청년에게 대뜸 반말을 해댔습니다.

"당신이 빵 값 한번 내줬다고 무슨 은인이나 되는 줄 아는데 괜히 나서지 말라고!"

그러나 청년은 자신이 잘못을 저지른 사람처럼 공손한 태도로 말했습니다.

"듣고 보니 그렇군요. 제가 경솔했습니다. 그럼 나중에 제게 빵을 사주세요. 그럼 되겠지요?"

청년은 자신이 살고 있는 주소를 적어 그에게 내밀었습니다.

청년과 헤어져 돌아오는 길에 그는 아주 큰 결심을 하게 되었습니다. 자신도 언젠가는 돈을 벌어 정말 당당하게 살겠다고 말입니다. 그리고 세상에서 가장 맛있는 빵을 잔뜩 사서 청년을 찾아가리라 마음먹었습니다.

그 후로 그는 정말 달라졌습니다. 낮에는 공사현장에서 일을 하고 밤에는 건물의 청소를 하며 돈을 모으기 시작했습니다.

3년이 지난 어느 날, 그는 작은 월세방까지 마련할 수 있었습니다. 그는 자신에게 했던 약속대로 빵을 한아름 안고는 청년의 집으로 찾아갔습니다. 자신을 기억조차 못할지도 모르지만 그는 부모덕에 잘 사는 청년 앞에 당당하게 서고 싶었습니다.

그런데 주소는 정확한데 청년의 집 대문에는 이상한 문패가 걸려있었습니다.

"작은 천사의 집?"

대문을 두드렸지만 아무 소리가 없었습니다. 그는 열려진 대문을 통해 안으로 들어갔습니다. 순간 그는 깜짝 놀라고 말았습니다. 안에는 열 명이 넘는 아이들이 있었는데 모두 장애가 있는 모습이었습니다. 그때 마당 끝에 있는 문 하나가 열리면서 그 청년의 모습이 보였습니다.

"하하하, 정말 찾아오셨군요. 잘 오셨어요. 제가 지금 아이들 목욕을 시키는 중이라서…"

그는 장애가 있는 아이들을 돌보며 결혼도 하지 않고 도와주는 사람 하나 없는 이 세상에서 혼자 등불을 밝히며 살고 있었습니다. 그의 대문에 걸려있는 것처럼 작은 천사들과 함께 사는 그 역시 천사였던 것입니다.

어두운 바닷가에 있는 등대는 매일 같은 자리에서 매일 같은 불빛을 비추고 있습니다. 하지만 어둠 속에서 그 등대를 바라보는 뱃사람들에게는 늘 그 등대의 불빛이 새로운 빛이 될 수도 있습니다.

어미 개의 자식 사랑

이른 새벽, 신문을 가지러 마당으로 나간 그는 소스라치게 놀라고 말았습니다. 진흙투성이의 어미 개와 새끼 강아지가 그의 기척에 놀라 도망가는 것을 보았기 때문입니다.

그 후로도 강아지 모자는 이따금 몰래 그의 집을 찾아오곤 했습니다. 그도 이제 막 새끼를 낳은 어미 개를 기르고 있었는데 아마 개밥을 훔쳐 먹으러 오는 듯했습니다. 가여운 생각도 들었지만 떠돌이 개들을 떠맡아 키우기에는 마음이 허락지 않았습니다. 그래서 그는 두려움과 슬픔이 가득해 보이는 떠돌이 개를 애써 외면하고 못 본 척하기로 마음먹었습니다.

눈이 내리던 어느 추운 날, 떠돌이 어미 개가 그만 차에 치어 죽고 말았습니다. 홀로 남은 새끼 강아지는 동네를 낑낑거리고 울며 떠돌아다녔습니다. 강아지가 집 앞을 지날 때면 강아지의 울음소리에 신경이 거슬려 짜증이 나곤 했습니다.

그런데 다음날부터인가 강아지 소리가 들리지 않았습니다. 알고 보니 그가 기르던 어미개가 자기 새끼들과 함께 그 강아지를 품고 있었습니다. 비쩍 마르고 꾀죄죄한 강아지는 제 어미의 품인 양 곤한 잠에 빠져있었습니다. 그 모습을 본 그는 낯이 뜨거워졌습니다.

'아, 우리 집 개가 나보다 낫구나.'

그는 아직까지도 거리에 방치되어 있는 떠돌이 어미 개를 정성껏 뒷산에 묻어주었습니다. 그리고 어미를 잃은 떠돌이 강아지에게 이름을 지어주고 기꺼이 한 가족으로 맞아들였습니다.

문득 얼마 전 케냐에서 있었던 믿기 힘든 이야기가 생각납니다. 나이로비의 숲에 버려졌던 생후 2주일 된 갓난아기를 개가 발견하고는 물어다 자기 새끼들과 함께 돌보는 것을 주인이 발견하고는 아기를 병원으로 옮겨 극적으로 목숨을 구했다는 이야기입니다. 사람들은 아기에게는 천사라는 의미로 '엔젤'이라고, 개에게는 구조자라는 뜻의 '음코보지'라는 이름을 붙였다고 합니다.

단순히 자기 새끼로 착각한 어미 개의 보호본능이었을까요? 아니면 정말 개보다 못한 인간에게 주는 강한 메시지일까요?

말없는 아빠의 연장통

아이의 기침은 아침이 되자 더욱 심해졌습니다. 아이 곁에서 이를 지켜보던 엄마는 아이가 결국 왈칵 피를 토해내자 황급하게 일어나 피를 닦을 수건을 가지러 부엌으로 달려갔습니다.

"아니, 당신은 여기서 뭐하는 거예요!"

부엌 앞에서 연장을 손질하고 있는 남편을 보자 아이 엄마는 화를 이기지 못하고 소리를 질렀습니다.

"지금 아이가 다 죽어 가는데, 그깟 연장이 다 무슨 소용이에요!"

그러나 남편은 묵묵히 연장에 기름칠만 할 뿐이었습니다. 그 모습을 지켜보던 아내는 혀를 차며 수건을 들고 급히 방으로 들어갔습니다.

"그래도 이게 우리를 지금까지 살게 만들어준 소중한 건데."

남편이 혼자 중얼거렸습니다.

남편은 목수의 집에서 태어났습니다. 그의 아버지도, 할아버지도 모두 목수였습니다. 그가 지니고 있는 연장들은 그래서 모두 그의 선대로부터 물려받은 귀중한 것들이었습니다. 그 연장에 기대어 이제까지 살림을 유지해왔습니다.

그러나 어린 딸이 갑자기 결핵에 걸리면서 약값이며 병원비까지 감당할 수 없었습니다. 게다가 목수를 찾는 사람들도 눈에 띄게 줄어들어 일거리도 거의 사라진 요즘에는 아이의 약값이 문제가 아니라 먹고 사는 것도 걱정이었습니다.

아내도 그걸 알고 있었습니다. 그러나 아픈 아이만 보면 어쩔 수 없는 일이라는 것을 알면서도 속이 타들어갔습니다.

"아이를 살리려면 우선 입원을 시키고 장기간 요양을 해야 합니다. 그럴 수밖에 없습니다."

의사는 그렇게 말할 뿐이었습니다. 그렇지만 하루 먹을 양식도 없어서 고생을 하는 마당에 아이를 입원시킨다는 것은 꿈도 꾸지 못할 일이었습니다.

오늘도 연장통을 챙겨들고 집을 나서는 남편을 보며 아내가 말했습니다.

"일도 없으면서 나가긴 어딜 나가요?"

"가만히 있으면 누가 일을 가져다주나? 움직여야지."

"그냥 애가 죽어가는 걸 보고만 있을 작정이에요?"

"그럼 나더러 어쩌라는 말이오."

남편은 버럭 소리를 지르고 밖으로 나갔습니다. 그리고 연장통을 어루만지며 터덜터덜 걸어갔습니다.

'이건 내 자식과도 같은 거야!'

그리고 남편이 다시 돌아온 것은 이틀이 지나서였습니다. 초라한 몰골로 돌아온 남편을 보며 아내가 화를 냈습니다.

"당신 도대체 어떻게 된 거예요?"

"미안하오. 그냥."

남편은 쓸쓸한 목소리로 대답하더니 눈물을 흘리며 말했습니다.

"그런데 그렇게 소중한 것이었는데… 고작 이 값밖에는 되질 않더구면."

그의 손에는 거칠게 접혀진 지폐 몇 장이 쥐어져 있었습니다. 그리고 그의 어깨에는 늘 짊어지고 다니던 할아버지 때부터 내려오던 그의 분신 같은 연장통이 보이지 않았습니다.

어버이날이 되면 참으로 많은 카네이션이 사람들의 손에서 가슴으로 전해집니다. 부모들의 가슴에 달아드리는 꽃송이는 꼭 붉은 카네이션 옆에다가 안개꽃을 함께 모아서 만들곤 하는데, 그 안개꽃은 어버이 곁에 늘 함께 있어야할 우리 자식들의 모습 이랍니다.

뜰채에 알맞은 물고기

북경의 한 유원지에는 화창한 봄을 맞이하여 나들이를
나온 사람들로 가득했습니다.

"싱싱하게 살아있는 물고기를 직접 잡아보세요. 뜰채를 빌려
드립니다!"

유원지 한쪽에서 웬 노인이 뜰채를 들어 보이면서 외쳐대고
있었습니다. 청년이 호기심 어린 얼굴로 옆에 있던 여자 친구에
게 말했습니다.

"우리도 한 번 해볼까? 내가 아주 큰 물고기를 잡아줄게."

수조 안에는 물고기들이 가득했는데 몇몇 사람들이 각자 뜰
채를 이용해 잡고 있었습니다. 그때 한 사람이 어른 팔뚝만한
물고기를 막 뜰채로 건져 올렸습니다.

그것을 보고 기대에 찬 청년이 들뜬 목소리로 물었습니다.

"할아버지, 그 뜰채 빌리는데 얼마입니까?"

노인이 앞에 놓인 세 개의 뜰채를 가리키며 말했습니다.

"여기서부터 5위엔, 15위엔 그리고 30위엔 일세."

청년은 수조 속의 물고기라면 맨손으로도 잡을 수 있을 거라 생각하고는 가장 싼 뜰채를 빌렸습니다.

청년이 뜰채를 수조 안에 넣자마자 구석에 있는 커다란 물고기 한 마리를 낚아챘습니다. 물고기는 뜰채 안에 갇혀 요동을 치기 시작했습니다.

"와, 정말 큰 물고기다!"

청년은 소리를 치며 뜰채를 힘껏 들어 올렸습니다. 그런데 순간 뜰채가 찢어지면서 파닥거리던 물고기가 다시 수조 안으로 떨어졌습니다.

청년은 너무 안타까워 다시 5위엔을 내고 다른 뜰채를 빌렸습니다.

"이번에는 꼭 성공할 테니 잘 보라고!"

청년은 여자 친구에게 자신 있게 말하며 뜰채를 수조 안으로 집어넣었습니다.

그러나 이번에도 결과는 마찬가지였습니다. 무려 네 개의 뜰채가 그렇게 허망하게 망가지고 청년은 작은 물고기 한 마리도 잡을 수가 없었습니다. 청년은 화가 치밀어 노인에게 거칠게 말했습니다.

"아니 할아버지, 이 뜰채가 너무 약해서 자꾸 찢어지잖아요. 물고기를 잡아도 뜰채가 약해서 낚을 수가 없으니 이게 뭐예요?"

그러자 노인이 허허 웃으며 대답했습니다.

"아주 간단한 이치가 아니겠나? 자네는 가장 싼 뜰채로 큰 물고기만을 잡으려고 하지 않았나. 그 뜰채가 얼마나 견뎌낼지는 생각하지도 않고 무조건 큰 물고기만 노리지 않았는가? 물론 보다 좋고 큰 것을 원하는 것이 나쁘다는 말은 아닐세. 그러나 자신의 조건이 어떤지를 먼저 생각해봐야 되지 않겠는가? 큰 물고기를 잡으려면 그것을 견뎌낼 수 있는 더 크고 튼튼한 뜰채를 먼저 선택했었어야지. 안 그런가?"

노인의 말에 청년은 다시 발끈했습니다.

"하지만 뜰채가 약하고 형편없었던 건 사실이잖아요?"

"그러니까 내 말이 큰 물고기를 잡고 싶으면 그에 맞는 비싸고 튼튼한 뜰채를 고르라는 것일세. 아니면 그냥 작은 물고기로 만족을 하던가."

그릇에 맞게 음식을 담으라는 말이 있습니다. 그릇은 작은데 넘칠 정도로 무언가를 담는다는 것은 오히려 채운 것보다 못할지도 모릅니다. **자신을 먼저 점검하고 현재의 조건을 파악**한 다음 원하는 것에 도전을 하는 것이 현명합니다.

1초가 세상을 바꾼다

한평생 시계만을 만들어 온 사람이 있었습니다. 그리고 그는 이제 늙어 있었습니다. 그는 자신의 일생에 마지막 작업으로 온 정성을 기울여 시계 하나를 만들었습니다. 자신의 경험을 쏟아 부은 눈부신 작업이었습니다. 그리고 그 완성된 시계를 아들에게 주었습니다.

아들이 시계를 받아보니 이상스러운 것이 있었습니다. 초침은 금으로, 분침은 은으로, 시침은 구리로 만들어져 있었습니다.

"아버지! 초침보다 시침이 금으로 되어야 하지 않을까요?"

아들의 질문은 당연한 것이었습니다.

그러나 아버지의 대답은 아들을 감동하게 하였습니다.

"초침이 없는 시간이 어디에 있겠느냐! 작은 것이 바로 되어 있어야 큰 것이 바로 가지 않겠느냐? 초침의 길이야 말로 황금의 길이란다."

그리고 아버지는 이들의 손목에 시계를 걸어주면서 말했습니다.

"1초 1초를 아껴 살거라."

신은 사람에게 물질을 공평하게 나눠주는 일에는 실패했지만 시간을 똑같이 나눠주는 데는 성공했습니다. 누구에게나 하루는 24시간, 일년은 365일이니까 말입니다.
그렇다면 시간이라는 화폭위에 그림을 그리기 위해 붓을 들고 서있는 화가가 바로 우리 자신이 아니겠습니까!
만약 그것이 틀림이 없는 사실이라면 누가 더 좋은 그림을 그리느냐 하는 것은 자신에게 주어진 시간들을 어떻게 활용하는가에 달려있습니다.

모든 일에는 좋은 면과 나쁜 면이 동시에 존재하고 있
습니다. 밤하늘을 보면서도 어두운 허공을 보며 암담
하다고 생각하는 사람이 있는가 하면, 그 사이에서 반
짝이는 별을 보며 희망을 노래하는 사람도 있습니다.
두 사람의 인생은 아마도 자신이 바라보는 것과 같은
빛으로 물들게 되지 않을까요?

3

나누며 살아가는 아름다움

고난 있는 삶이 아름다운 이유

양봉으로 어느 정도 자리를 잡은 그는 그것으로 만족하지 않았습니다.

"일 년 내내 꽃이 피는 곳이 있다면 쉬지 않고 꿀벌들이 몰려들 테고, 그럼 더 많은 양의 꿀을 수확할 수 있겠지!"

그래서 그는 사시사철 꽃이 만발하는 곳을 물색하는 일에 매달렸습니다. 얼마 후, 그가 선택한 최적의 장소는 필리핀이었습니다. 그는 망설일 것도 없이 그곳에서 새로운 양봉사업을 하기로 결심을 했습니다.

그는 우선 벌통 열 개를 가지고 필리핀에서 양봉사업을 시작했습니다. 물론 그의 예상대로 얼마 되지 않아 열 개의 벌통에 꿀을 가득 채울 수 있었습니다.

"그래, 됐어! 이제 난 곧 부자가 될 거야!"

그는 자신의 나라로 돌아와 벌통 백 개를 구입하고 필리핀에서 머무는 동안 필요한 경비를 마련했습니다. 그런 남편의 모습을 지켜보던 그의 아내가 걱정이 된다는 듯 물었습니다.

"당신 정말 자신 있는 거예요? 괜히 잘못 되기라도 하면….'

그는 화를 버럭 냈습니다.

"지금 무슨 소리를 하는 거야? 이런 기회는 두 번 다시 오지 않는다고. 사람은 기회가 있을 때 잡아야 하는 법이야!"

벌통 백 개를 가지고 필리핀으로 간 그는 의욕적으로 양봉사업에 매달렸습니다. 다행히 첫해는 벌통 백 개에서 꿀을 두 번이나 채취하는 수확을 올렸습니다. 그는 시간이 갈수록 자신이 생겼고 백 번 잘한 선택이라고 믿었습니다.

그런데 뜻밖의 문제가 발생했습니다. 그 다음 해는 꿀을 한 번 밖에 수확할 수 없었던 것입니다. 그는 잠시 고민에 빠졌습니다.

'음, 무슨 일일까? 아냐, 운이 나빠서 그랬을 거야. 차차 나아지겠지!'

하지만 그의 식을 줄 모르는 의욕과는 달리 해를 거듭할수록 상황은 더욱 좋지 않았습니다.

텅 빈 꿀통 옆에 앉아 비통함에 빠져있는 그에게 한 필리핀 농부가 다가왔습니다.

그가 그동안 있었던 일들을 어렵게 설명하자 필리핀 농부가 고개를 끄덕였습니다. 그리고 차분한 말투로 설명하기 시작했습니다.

"꿀을 모으기 위해서는 일단 꿀벌들이 필요하겠지요. 그런데 꿀벌들이 꿀을 모으는 이유는 꽃이 피지 않는 추운 겨울을 대비하기 위해서랍니다. 하지만 이곳은 일 년 내내 꽃이 피는 지역입니다. 처음에 꿀벌들은 벌통이라는 새로운 환경에 따라 본능대로 열심히 꿀을 모았을 것입니다. 그러나 그렇게 하지 않아도 얼마든지 살 수 있다는 것을 알아차린 꿀벌들은 더 이상 벌통으로 드나들지 않았던 겁니다."

농부의 말을 듣고 난 그는 더욱 비통한 심정에 고개를 숙였습니다.

벌은 약 370그램의 꿀을 생산하기 위해서 5만 6천여 개의 꽃을 찾아갑니다. 쉽게 말해서 한 숟가락의 꿀을 생산하기 위해서 벌은 적어도 4천 2백 회 이상 비행을 한다고 합니다. 벌이 이토록 힘들게 꿀을 모으는 이유는 겨울이라는 악조건을 이겨내기 위함입니다. 결국 꿀은 고통의 열매인 것입니다.

사람의 삶도 그렇습니다. 우리는 고통과 아픔이 없기를 바랍니다. 그러나 고통과 아픔이 없다면 우리 삶도 아무런 열매를 맺을 수 없을 것입니다.

열쇠는 언제나 열쇠일 뿐

인도 캘커타에 열쇠를 만드는 일을 평생 천직이라 여기고 살아온 열쇠공이 살고 있었습니다.

하지만 그 역시도 세월은 이길 수가 없었습니다. 백발이 성성하고 기운이 쇠약해져 더 이상 일을 계속할 수가 없게 되었습니다.

그는 더 늦기 전에 기술을 누군가에게 전수해줘야겠다고 생각하고는 미리 마음에 두고 있던 두 청년을 제자로 삼았습니다.

두 제자는 하루하루 실력을 쌓아가며 기술을 전수받고자 노력했습니다. 그런데 두 제자의 실력이 엇비슷해 최종적으로 누구를 선택해야할지 열쇠공은 고민에 빠졌습니다.

열쇠공이 두 제자를 불렀습니다. 마당에는 제법 견고해 보이는 두 개의 금고가 있었습니다.

"지금부터 자기 앞에 놓인 금고를 열어보도록 해라!"

마당에는 이미 많은 구경꾼들이 호기심에 차서 지켜보고 있었습니다.

첫 번째 제자는 회심의 미소를 지으며 자신 있게 공구를 꺼내 들었습니다. 반면에 두 번째 제자는 진지한 자세였지만 동작은 그다지 신속하지 못하고 자신감도 없어 보였습니다. 결과는 예상대로 첫 번째 제자의 승리였습니다. 그는 십 분도 되지 않아 보란 듯이 금고를 열어보였지만 두 번째 제자는 삼십 분을 넘기고서야 겨우 열 수 있었습니다.

구경꾼들은 첫 번째 제자의 실력이 월등해 그가 수제자로 뽑힐 것을 의심하지 않았습니다.

열쇠공이 첫 번째 제자에게 물었습니다.

"그래 네가 열어본 금고 안에는 무엇이 있더냐?"

첫 번째 제자는 자신 있는 목소리로 대답했습니다.

"금고 안에는 새 지폐가 가득했습니다."

열쇠공이 잠시 눈을 지그시 감더니 무언가를 생각하는 듯했습니다. 그러더니 이번에는 두 번째 제자에게도 같은 질문을 했습니다. 두 번째 제자는 잠시 머뭇대더니 입을 열었습니다.

"스승님, 죄송합니다."

열쇠공이 두 번째 제자에게 조용히 물었습니다.

"너는 무엇이 죄송하다는 말이더냐?"

그러자 두 번째 제자가 어렵게 대답했습니다.

"저는 금고 안에 무엇이 있는지 보지 않았습니다. 그저 스승님의 지시대로 금고만 열었을 뿐입니다."

그때서야 열쇠공의 얼굴에 화색이 돌았습니다. 그는 흐뭇한 표정으로 두 번째 제자에게 말했습니다.

"나의 수제자는 바로 너다!"

그 말에 첫 번째 제자는 어리둥절한 표정이었습니다. 구경꾼들 역시 이해할 수 없다는 표정으로 웅성거리기 시작했습니다.

열쇠공이 말했습니다.

"사람이 살아가는 데 있어서 필요한 것 가운데 하나가 바로 신용이다. 더군다나 우리와 같은 열쇠공은 더더욱 그것을 가슴에 새기고 있어야 한다. 우리는 금고 안에 무엇이 들어있는지보다 그것을 열어 사람들에게 도움을 주는 것에 더 의미를 두며 살아야 한다는 것이다. 신용은 그래서 성공할 수 있는 최고의 열쇠인 것이다!"

우물파기로 명성이 자자한 사람이 있었습니다. 그는 일단 우물터를 정하면 무슨 일이 있더라도 물을 찾아냈습니다. 사람들이 그 비결을 물었습니다.

"당신은 무슨 재주로 백발백중 지하수를 찾아내는 것이오?"

그러자 그가 당연하다는 듯이 대답했습니다.

"그거야 물이 나올 때까지 땅을 파기 때문 아니겠소?"

나누며 살아가는 아름다움

신문사 여기자는 현실의 고통을 극복하며 사는 사람들
이라는 다큐멘터리를 제작하기 위해 가방을 챙겼습니다.

그녀가 취재하기 위해 처음 찾아간 곳은 빈민촌이었는데 옹
기종기 모여 있는 집들은 언제 쓰러질지 모를 정도로 허름하고
위태로워 보였습니다. 그녀는 불이 환하게 켜져 있는 한 집으로
들어섰습니다. 마침 가족들이 모여 식사를 하고 있었는데 그녀
는 양해를 구하고 방으로 들어갔습니다.

그녀는 그들이 먹고 있는 국수와 반찬이 아닌 국수를 담고 있
는 심하게 찌그러진 양은그릇과 곳곳에 때가 남아있는 더럽고
비위생적인 환경에 충격을 받았습니다. 더욱 그녀를 놀라게 한
것은 가족 모두가 젓가락을 사용하지 않고 있었다는 것입니다.

알고 보니 젓가락이 없어 그동안 손으로 음식을 집어먹었다는 것입니다.

그녀는 가족들의 모습을 카메라에 생생하게 담고 수첩에 간단하게 메모를 남겼습니다. 그리고 가장으로 보이는 남자에게 위로의 말을 건네는 것도 잊지 않았습니다.

"용기를 잃지 마시고 열심히 사세요. 곧 희망이 보일 겁니다."

그러나 남자는 아무런 반응이 없었습니다. 그녀는 집을 나오면서 돌담 바로 옆에 젓가락으로 쓰기에 아주 적당해 보이는 가느다란 대나무가 자라고 있는 것을 발견했습니다. 그녀는 자신의 수첩에 있던 방금 전 메모를 지워버렸습니다.

무거운 마음으로 그녀는 발길을 돌렸습니다. 이곳저곳을 둘러보다가 지나가는 아주머니에게 물었습니다.

"이 동네에서 형편이 아주 어려운 집이 어딘지 아시나요?"

그러자 한 집을 가리켰는데 겉으로 보기에는 다른 집과 마찬가지로 허름하고 볼품없었습니다. 아주머니는 그 집 남편은 많은 빚까지 남긴 채 몇 년 전 암으로 세상을 떠났다고 했습니다. 그리고 남은 두 명의 자식 가운데 하나는 심한 장애를 앓고 있으며, 부인이 공장에서 받는 적은 월급으로 세 식구가 겨우 생활을 하고 있다고 했습니다. 더군다나 매달 월급에서 남편이 남겨놓은 빚까지 조금씩 갚아야 하는 형편이라는 말도 덧붙였습니다.

그 집 안으로 들어서자 마침 저녁준비를 하느라고 분주한 세

125

식구를 만날 수 있었습니다. 방은 비좁고 허름했지만 방안을 장식하고 있는 커튼은 폐지를 이용해 붙여서 만든 것처럼 보였고, 부엌에 있는 조미료는 비록 소금과 설탕뿐이었지만 통을 수시로 닦았는지 아주 깨끗해 보였습니다. 서랍장과 의자는 모두 남이 쓰던 것을 가져온 것처럼 보였지만 깨끗하게 닦여있었습니다.

남이 쓰다가 버린 것을 주워와 다시 사용하느냐는 기자의 조심스런 질문에 앞으로 십 년은 더 사용할 수 있다며 아이들의 엄마는 밝게 웃었습니다.

취재를 마치고 신문사로 돌아온 기자는 세 식구의 이야기를 정리해 신문에 실었습니다. 기사가 나가자 예상대로 격려의 전화와 편지가 수없이 날아들었습니다. 그리고 그 가족들에게 전해달라며 쌀과 생필품을 내려놓고 가는 사람들도 있었습니다. 또한 적지 않은 성금도 모여 신문사 직원들이 물품과 성금을 전달하러 갔습니다.

그런데 아이들 엄마가 받지 않겠다고 해서 억지로 떠안기고 돌아왔는데 어떻게 됐는지 모르겠다는 것이었습니다. 기자는 당장 그 집으로 달려갔습니다. 그런데 그녀의 눈앞에 펼쳐진 모습에 그만 할 말을 잃고 말았습니다. 아이들의 엄마가 쌀과 물품, 그리고 성금을 이웃들에게 골고루 나눠주고 있었습니다.

그녀가 다가가 이유를 묻자 온화한 미소를 지으며 말했습니다.

"신문사로 돌려보내려고 했지만 운송비가 들 것 같아서요. 차라리 형편이 좋지 않은 이웃들에게 나눠주는 것이 좋겠다는 생각이 들었어요. 그리고 전 이거 한 봉지면 충분해요. 마침 집에 소금이 떨어졌거든요."

부인은 자기 몫으로 챙겨두었다는 소금 한 봉지를 들어 보이며 활짝 웃었습니다.

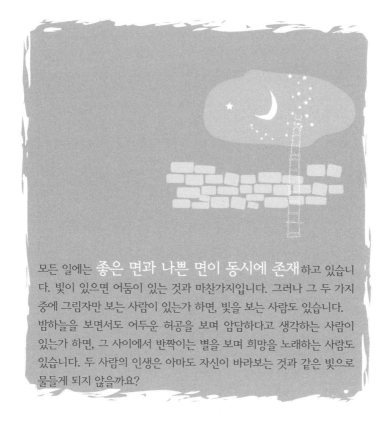

모든 일에는 **좋은 면과 나쁜 면이 동시에 존재**하고 있습니다. 빛이 있으면 어둠이 있는 것과 마찬가지입니다. 그러나 그 두 가지 중에 그림자만 보는 사람이 있는가 하면, 빛을 보는 사람도 있습니다. 밤하늘을 보면서도 어두운 허공을 보며 암담하다고 생각하는 사람이 있는가 하면, 그 사이에서 반짝이는 별을 보며 희망을 노래하는 사람도 있습니다. 두 사람의 인생은 아마도 자신이 바라보는 것과 같은 빛으로 물들게 되지 않을까요?

장미꽃을 사랑한 바위꽃

등산객들로 늘 분주한 산 중턱에 온갖 꽃과 나무들로 유명한 자그마한 식물원이 하나 있었습니다. 그 중 단연 장미꽃이 식물원안의 꽃과 나무들뿐만 아니라 등산객들에게 인기였습니다.

그런데 식물원의 가장 구석진 곳에 아무도 눈길조차 주지 않는 바위꽃이 수줍게 자라고 있었습니다. 바위꽃은 장미의 아름다움과 화려함을 속으로 동경하였습니다. 바위에 박혀 움직이지도 못하는 바위꽃의 유일한 친구는 나비였습니다. 나비는 자유롭게 날다 살포시 내려앉아 이따금 말동무가 되어주었습니다.

"나비야, 오늘도 장미꽃은 사람들에게 둘러싸여 있구나. 역시 아름다워!"

바위꽃이 부러움을 감추지 못하자 나비가 말했습니다.

"너도 장미꽃이랑 친하게 지내면 되잖아."

"하지만 난 너도 알다시피 향기도 변변치 않고 내세울 게 없잖아. 생긴 것도 너무 작고 초라하고…."

"아하, 그래서 매일 장미꽃을 바라보기만 하는 거구나!"

"나도 너처럼 꽃이 아니어도 좋으니 마음대로 날 수 있다면 얼마나 좋을까?"

나비의 위로에도 바위꽃의 우울함은 쉽게 가시지 않았습니다. 바위꽃은 하루하루 장미꽃을 동경하는 것으로 스스로를 위로할 수밖에 없었습니다. 그러는 동안 바위꽃은 장미꽃을 사랑하게 되었습니다. 하루 종일 장미꽃을 바라보며 혼자만의 사랑을 키워갔습니다.

어느 날, 식물원 관리인이 깜빡 지붕을 덮는다는 것을 잊고 퇴근을 해버렸습니다. 밤부터 엄청난 장대비가 쏟아져 식물원은 아수라장이 되었습니다. 아름다움을 자랑하던 온갖 꽃들은 허리가 꺾이고 꽃잎을 모두 잃은 채 끙끙 앓기 시작했습니다. 장미꽃도 예외는 아니어서 꽃잎이 모두 떨어진 채 힘없이 처져 있었습니다.

바위가 지붕 역할을 해준 덕분에 그나마 상처를 입지 않은 것은 바위꽃 뿐이었습니다. 하지만 바위꽃의 마음은 찢어질 듯 아팠습니다. 이제 아름다움을 잃어버린 장미꽃 주변에는 나비조차 날아들지 않았습니다.

바위꽃은 바위에 뿌리가 박혀 꼼짝하지 못하는 자신을 원망했습니다. 그때 친구인 나비가 찾아왔습니다. 바위꽃이 기다렸다는 듯이 말했습니다.

"나비야, 부탁 좀 들어줄래? 보잘 것 없지만 내 노란 꽃잎을 뜯어서 저기 장미꽃에게 전해줘! 어차피 난 꽃의 아름다움으로 살고 싶은 마음은 없었어."

바위꽃은 간절하게 다시 나비에게 부탁을 했습니다. 결국 나비는 노란 바위꽃을 한 잎 떼어 장미꽃에게 전해주었습니다.

평소 나비를 통해 장미꽃도 바위꽃에 대해 어느 정도 알고 있었지만 지금까지 자신과 친해지려고 했던 많은 꽃들이 있어 미처 바위꽃에게는 관심을 두지 않았습니다. 그런데 그런 바위꽃에게 뜻밖의 선물을 받자 감동과 놀라움에 몸을 떨었습니다.

"시들어 가는 나에게 자신의 꽃잎을 떼어 보내다니 바위꽃은 참 착한 꽃이야. 내 모습이 달라졌다고 등을 돌리는 다른 꽃들이나 사람들과는 달라. 이 식물원에서 정말 아름다운 꽃은 내가 아니라 저 바위꽃이었어."

장미꽃은 그 말만을 남기고는 시들어 죽고 말았습니다. 그러나 바위꽃이 보낸 노란 꽃잎을 자신의 얼굴에 덮어달라는 말을 덧붙였습니다.

겨울이 찾아오고 눈발이 쏟아지기 시작했습니다. 등산객들은 설경을 즐기기 위해 산을 찾았습니다. 식물원 앞을 지나면서 그들은 새로운 구경거리에 걸음을 멈추었습니다. 그것은 흰 눈 위에 노랗게 피어난 바위꽃이었습니다.

내가 가장 소중히 여기고 가장 가치 있다고 생각하는 것은 코발트빛의 하늘과 고요한 언덕의 평화로움과 숲 속의 작은 오두막, 그리고 파릇파릇 잔디 위의 평안함과 새들의 지저귐과 흘러가는 구름의 그림자, 비온 뒤의 활기차고 싱그러운 대지와 꽃향기 입니다.
그러나 무엇보다 좋은 것은 사랑하는 사람과 함께 이러한 풍경 속을 거니는 것입니다.

세상에서 가장 아름다운 그림

몽마르트르 언덕에서 하루를 보내는 샘과 필립은 관광
객들의 초상화를 그려주고 돈을 받는 아마추어 화가였습니다.

추운 겨울로 접어들어 관광객이 뜸해지자 초상화를 그려달
라는 사람들도 형편없이 줄었습니다. 두 화가는 집에서 기다
리고 있는 가족들에게 미안한 마음에 일찍 귀가를 할 수도 없
었습니다.

두 화가는 결국 오늘도 허탕을 친 채 나란히 걸어서 집으로
향했습니다. 그때 샘이 벽면에 붙어있는 포스터를 보고는 말
했습니다.

"여기 좀 봐. 미술회관에서 작품을 공모한다네!"

샘의 말에 필립도 포스터가 붙어있는 곳으로 갔습니다. 세상

에서 가장 아름다운 그림을 공모한다는 내용이었습니다.

두 화가는 다음 날부터 거리로 나가지 않고 공모전에 매달렸습니다. 그런데 공모전 마감을 일주일 남겨두고도 두 사람은 아무것도 할 수가 없었습니다. 무엇을 그려야할지도 결정하지 못한 상태였습니다.

드디어 공모전 마감일이 되었고 두 사람은 겨우 완성한 각자의 작품을 제출했습니다. 그리고 며칠 후 수상자 발표가 있는 날 아침, 미술회관 앞에서 만난 두 화가는 말없이 수상자 이름이 게시된 곳으로 갔습니다. 그런데 게시판에는 수상자 이름 대신 다음과 같은 글이 적혀 있었습니다.

'당신이 세상에서 가장 아름다운 그림을 그린 사람입니다. 지금 회관 안으로 들어오세요.'

두 화가는 의아해하며 나란히 회관 안으로 들어갔습니다. 두 화가 앞에 놀라운 광경이 펼쳐졌습니다. 두 화가가 제출한 그림이 환한 조명을 받으며 전시되어 있었고 수많은 관중들이 좌석을 가득 메우고 있었습니다. 두 화가가 나타나자 박수가 터졌습니다. 진행자의 안내로 무대 한 가운데 올라온 두 화가는 객석에 자신의 가족들도 와 있는 것이 보였습니다.

진행자는 두 화가가 공동수상자라고 밝혔습니다. 또한 특별히 자리를 마련하고자 입선하지 못한 사람들에게는 미리 연락을 했다는 말도 덧붙였습니다. 그때서야 샘과 필립은 게시판에 적힌 글의 의미를 이해할 수 있었습니다. 진행자가 두 화가에게 각자 그린 그림에 대한 설명을 부탁했습니다. 백발의 할머니 초상을 그린 필립이 먼저 대답했습니다.

"그동안 십 년에 한 번씩 저를 찾아와주던 한 할머니가 떠올랐습니다. 아가씨 때에도, 그리고 결혼을 하고 아이를 낳아 엄마가 되어서도, 또 손자들의 손을 잡고 백발의 할머니가 되어서도 잊지 않고 십 년마다 찾아왔습니다. 그래서 십 년에 한 번씩 변한 모습을 그려드렸습니다. 차츰 아름답던 처녀시절의 모습은 사라지고 세월의 무게에 눌려 몸매도 차츰 망가지기 시작했습니다. 하지만 할머니의 눈빛만은 변하지 않았습니다. 주름진 얼굴이지만 그 눈빛과 변함없는 미소가 더욱 아름답다는 생각이 들었습니다. 그것은 세월이 가져다 준 자연스러운 아름다움이고 할머니가 품고 있는 고운 심정이라고 생각했습니다."

이번에는 어미 참새가 새끼에게 먹이를 물어주는 그림을 제출한 샘이 설명했습니다.

"어느 날, 집 근처 공원에서 어미 참새가 먹이를 물고 날아가는 것을 보았습니다. 참새는 어디가 불편한지 날갯짓이 신통치 않았는데 얼마 날지 못해 추락하듯 내려앉았습니다. 그렇게 몇 번이고 반복해 날아간 어미 참새를 기다리고 있는 것은 새끼들이었습니다. 자식을 사랑하는 모습이야말로 이 세상을 아름답게 해주는 마음이 아닌가 하는 생각이 들었습니다."

두 사람의 설명이 끝나자 객석에서는 뜨거운 박수가 터졌습니다. 심사위원장이 두 작품을 공동수상으로 결정한 이유에 대해 설명했습니다.

"두 작품은 우리가 살아가는 인생을 가장 적극적이고 심취 있게 남아냈습니다. 젊은 시절의 아름다운 외모는 세월의 때를 입고 차츰 사라지지만 지금 그대로의 모습으로도 충분히 아름답고 그것을 지켜내는 눈빛과 미소가 있어 오히려 더 고귀한 것입니다. 그리고 자식에 대한 어미 새의 사랑은 그 무엇으로도 바꿀 수 없는 고귀한 것입니다. 결국 이 세상에서 가장 아름다운 그림은 어떤 고난과 고통에도 변하지 않는 우리 인생 바로 그 자체라는 것이 심사위원들의 공통된 의견이었습니다."

다시 객석에서 뜨거운 갈채가 쏟아졌습니다.

우리의 인생에는 기쁨과 행복만이 존재하지 않습니다. 기쁨과 고통은 친구라는 말도 있지요. 우리의 삶에 고통과 절망이 있기에 비로소 삶의 온전한 의미와 가치를 알게 됩니다. 베개에 눈물을 적셔본 사람만이 별빛이 아름답다는 것을 깨닫게 됩니다.

어부의 여유로움

동해안 어느 바닷가에 작은 배 한 척으로 살아가는 어부가 있었습니다. 그는 여느 때와 마찬가지로 이른 아침을 먹고 아들과 함께 바다로 나갔습니다. 넓고 푸른 바다 위에는 이미 더 부지런한 고깃배들이 나와 열심히 그물을 풀어놓고 있었습니다. 어부도 아들과 함께 닻을 내리고는 느릿느릿 그물을 치기 시작했습니다.

아버지의 그런 변함없는 느린 동작을 지켜보던 아들이 조바심이 나서 말했습니다.

"그렇게 느긋하다가는 한 마리도 잡지 못할 거예요. 이미 고기들이 멀리 사라진 뒤일 테니까요."

그러나 아버지는 여유 있는 미소까지 지으며 조용히 말했습니다.

"물론 어부에게 있어서 고기를 잡는 것이 중요하지. 그러나 기다릴 줄도 알아야 한다."

시간이 지나고 그물을 거둘 때가 되었습니다. 그때 근처에 있던 다른 배에서 잇달아 환호성이 터졌습니다.

"와아! 만선이다!"

"우리 배도 그물이 빵빵하다고!"

"하하하, 우린 고기들이 도망치려고 아예 그물을 비집고 난리들이야!"

어부들이 끌어올리는 그물마다 금방이라도 찢어질 듯 물고기들로 가득했습니다.

그 모습을 구경하던 어부도 천천히 그물을 끌어올리기 시작했습니다. 그러나 그의 손놀림은 변함없이 느리기만 했습니다. 옆에서 거들던 아들이 노골적으로 불만을 털어놓았습니다.

"쳇, 우리 그물에는 대체 몇 마리나 걸렸을까요?"

아버지는 잠시 일손을 놓더니 드넓은 바다를 바라보며 대답했습니다.

"우리 인생에는 말이다. 느긋하게 기다려야 할 때가 있고 지체 없이 행동해야 할 때가 있는 법이다. 지금은 기다려야 할 때란다."

아들은 어이가 없어 말문이 막힌다는 듯 고개를 푹 숙였습니다. 아버지가 아들에게 시선을 주며 말을 이었습니다.

"저들처럼 급하게 그물을 끌어올리면 고기들은 상처를 입겠지. 그런 고기들은 제값을 받을 수가 없다는 걸 너도 잘 알고 있겠지? 그래, 우리는 내다팔 수 있는 싱싱한 고기만 잡으면 되는 거야. 그 수가 많지는 않더라도 사는 사람이나 파는 우리나 마음은 편하지 않겠니?"

그때서야 아들은 고개를 들어 아버지를 바라보았습니다. 아들의 입가에 미소가 설핏 스쳤습니다. 두 사람은 아주 느긋한 표정으로 그물질을 하기 시작했습니다.

혹시 와인의 마지막 한 방울을 아십니까? 와인의 마지막 한 방울은 흔히 '행복의 한 방울'이라고 합니다. 와인은 마지막 한 방울이 가장 달콤하기 때문입니다. 가장 달콤한 행복의 한 방울을 와인 잔에 따르는 데 서둘러서는 안 됩니다. 병을 거꾸로 세워서 느긋하게 기다리지 않으면 행복의 한 방울은 나오지 않습니다. 또한 마지막 한 방울이 남아 있는데도 다음 와인 병을 따는 사람은 행복의 한 방울을 맛볼 수 없습니다. 와인 병을 버리기 전에 행복의 한 방울이 남아 있지 않은지 확인하도록 하세요.

도시를 지키는 날개 없는 천사

한 공원 화장실에 들어갔을 때 그는 눈을 의심하였습니다. 한 남자가 깔끔한 옷차림과는 전혀 어울리지 않는 일을 하고 있었기 때문입니다. 그는 휘파람까지 불며 신이 나서 청소를 하고 있었습니다. 축축하고 역겨운 냄새가 나는 담배꽁초를 줍기 위해 작은 집게로 소변기를 뒤적거리고 있는 그에게 눈인사를 건네며 말을 붙였습니다.

"힘든 일을 하시네요?"

그렇게 묻자 그는 빙긋 미소를 지어보이며 말했습니다.

"예 그렇죠. 하지만 누군가는 해야 되는 일이죠. 사람들이 화장실에 들어와서 더러운 것을 보면 무슨 생각을 하겠습니까. 청소도 되어 있지 않은 더러운 곳이라고 하겠죠. 그래서 깨끗하게 치우고 있는 중입니다."

"사람들이 자주 꽁초를 변기에 버리나요?"

"아침마다 소변기 하나에서도 여러 개를 줍는답니다."

"왜 사람들이 거기에다 꽁초를 버리는지…."

"게을러서 그렇죠. 아니면 주변이 어떻게 되든 아예 신경 쓰지 않는 사람들이거나."

남자는 낮은 어조였지만 단호하게 말했습니다.

"여기서 오랫동안 일을 하셨나요?"

사내는 연신 싱글벙글하면서 대답했습니다.

"사실 전 여기서 일하는 사람이 아닙니다. 길 건너에 제 사무실이 있죠. 하지만 매일같이 이 일을 한답니다."

"그런데 왜 이곳까지 와서 화장실 청소를 하는 거죠?"

"제가 나가고 난 다음 이곳으로 들어오는 사람들 때문이죠. 전 그 사람들이 깨끗한 화장실에서 기분 좋게 볼일을 보기를 바란답니다."

"하지만 그들 역시 담배꽁초를 변기에 버릴 텐데요."

"할 수 없는 일이죠. 중요한 것은 이 화장실이 한두 시간쯤은 깨끗한 얼굴을 할 수 있다는 사실이죠. 만약에 제 뒤에 오는 사람이 이 화장실이 깨끗하다는 것을 알아준다면 그 사람은 좀더 깨끗하게 쓰고 나가겠죠."

밖으로 나왔을 때였습니다. 넥타이를 맨 그 남자가 여전히 휘파람을 불며 길 건너 자신의 사무실로 들어가는 것이 보였습니다. 걸을 때마다 앞뒤로 흔들리는 그의 양팔이 마치 날개처럼 보였습니다. 그는 쉽게 눈에 띄지 않지만 분명 존재하며, 늘 찬란한 빛을 뿌리고 다니는 이 도시의 천사였던 것입니다.

이름 모를 소박한 꽃에
마음이 끌리는 일이 있습니다.
꽃병에 꽂으려니 너무 작고
꽃꽂이를 하려니 가지가 짧아서
그대로 거기에 놓아두게 되는
그런 꽃을 만나는 경우가 있습니다.

사람들 중에도 이런 꽃과 비슷한 사람이 있습니다.
겸손하고 눈에 잘 띄지 않는 존재지만
그 사람만의 빛을 지니고 있어서
그것이 도리어 끌립니다.
늘 햇빛을 받지는 못하지만
늘 주목받지는 못하지만
그 사람의 존재에 끌립니다.

소중한 부모의 존재

미국의 한 대기업에서 사원을 채용하는데 이력서는 보지도 않고 면접만으로 전형을 대신하겠다고 하여 모두를 놀라게 하였습니다.

유망한 대기업이라는 점을 누구나 잘 알고 있었기에 수많은 지원자가 몰려들었습니다. 무려 10만 명이 넘는 지원자가 몰려들어 각 지사에서 개별적으로 면접을 진행할 수밖에 없었습니다.

이 기업의 새로운 경영자가 된 새로운 회장은 일류대학 출신들로 이루어진 인재들만 채용하는 기존의 방침을 과감히 벗어던지고, 새로운 채용방식을 통해 혁신을 이루고자 했습니다.

각 지사에서 동시에 시행된 면접은 개인당 삼십 초 정도 진행

되었습니다. 면접이 짧게 끝날 수밖에 없었던 이유는 면접관의 질문은 딱 한 가지였기 때문입니다.

면접관의 공통된 질문은 '가장 존경하는 인물은 누구인가?'라는 평범하고 짧은 것이었습니다.

그 질문에 지원자들의 대답은 가지각색이었습니다. 한 지원자는 이 기업의 회장이라고 대답해 폭소를 자아내기도 했습니다. 또 아직까지 존경하는 인물이 없는데 지금부터 자신이 그 역사적 주인공이 되겠다는 재치를 보여 난데없는 박수갈채를 받는 지원자도 있었습니다.

전국적으로 동시에 실시된 면접은 일주일간의 일정으로 끝이 나고 지원자들이 제시한 대답은 전산으로 입력되어 회장에게로 넘겨졌습니다.

그런데 결과는 지금까지 학교도 한 번 가보지 않고 시골에서 농사만 짓고 살았던 한 청년이 최종 합격자로 결정되었습니다.

모든 언론사는 이례적이고 충격적인 사건을 톱기사로 실었고 주인공을 찾기에 분주했습니다. 주인공은 시골에서 밭을 가꾸고 젖소를 기르며 혼자 살고 있는 스물세 살의 성실하고 건강한 청년이었습니다.

시골 청년이야말로 합격소식을 접하고 당황하였습니다. 실력을 갖춘 수많은 응시생을 물리치고 자신이 뽑힐 거라고는 꿈에서조차 생각하지 못했던 일이기 때문입니다.

청년에게 몰려든 기자들이 질문했습니다.

"이번 면접 때 대답한 존경하는 가장 위대한 인물은 누구였습니까?"

모든 언론사의 카메라와 조명이 청년에게로 집중되었습니다. 청년은 조금은 수줍어하는 표정이었지만 거침없이 대답했습니다.

"저는 사실 고아입니다. 부모님이 누구인지 어디에 사시는지도 모른 채 지금까지 살아왔어요. 그렇지만 저한테 가장 위대하고 소중한 사람은 바로 부모님이라는 생각을 잊지 않았어요. 왜냐하면 저를 이 세상으로 보내주신 고마우신 분들이니까요."

기자들은 청년의 말에 약간 놀라는 듯했지만 어느 때보다 진지했습니다. 기자들이 더욱 적극적으로 청년의 모습을 담기 시작했습니다.

청년이 다시 말을 이었습니다.

"지금까지 살아오는 동안 어려움이 많았습니다. 하지만 슬픈 날보다는 기쁜 날이 더 많았다고 생각해요. 그리고 부자는 아니지만 건강하게 지낼 수 있었고 사람들과 정을 나누며 사는 것이 얼마나 행복한 일인지도 잘 압니다. 이런 모든 기쁨과 행복을 누릴 수 있게 해준 분들이 계시다면 바로 부모님이라는 생각을 했습니다. 비록 어디에 계시는지 알지 못하고 만나보지 못했지만 한 번도 미워해본 적이 없습니다. 저는 이 세상에서 부모님을 가장 사랑하고 존경하고 있습니다. 제 역사는 바로 그 두 분으로부터 시작된 것이니까요."

누구보다 청년의 말에 깊이 감동한 사람이 있었습니다. 뉴스를 통해 시골 청년의 인터뷰를 지켜보던 회장이었습니다. 그는 조용히 흐르는 눈물을 닦으며 자리에서 일어나 청년에게 홀로 기립박수를 보내며 떨리는 소리로 말했습니다.

"자네는 정말 훌륭한 청년일세! 나보다 훨씬 뛰어난 사람이지. 내가 이 나이가 되도록 알지 못한 것을 자네는 이미 깨닫고 있으니 말일세!"

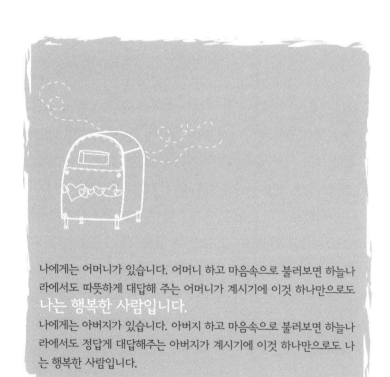

나에게는 어머니가 있습니다. 어머니 하고 마음속으로 불러보면 하늘나라에서도 따뜻하게 대답해 주는 어머니가 계시기에 이것 하나만으로도 **나는 행복한 사람입니다.**
나에게는 아버지가 있습니다. 아버지 하고 마음속으로 불러보면 하늘나라에서도 정답게 대답해주는 아버지가 계시기에 이것 하나만으로도 나는 행복한 사람입니다.

용감한 엄마, 자상한 아내

회사에서 실직당한 그는 벌써 일 년 가까이 일자리를 구하지 못하고 새벽 인력시장에 나가 기웃거리고 있었습니다. 그러나 그곳 역시 사정이 어렵기는 마찬가지였습니다. 전반적인 경기침체로 인해 공사장 일도 생각처럼 많지가 않았습니다.

그는 변함없이 목을 잔뜩 움츠린 채 사람들 틈에 서서 장작불에 몸을 녹이고 있었습니다. 때 아닌 겨울비까지 추적추적 내리고 있어 그는 더욱 처참한 심정이었습니다. 마치 거리의 인형뽑기 기계 속 인형과 같은 신세라는 생각마저 들어 그 비참함은 더 컸습니다. 결국 오늘도 불러주는 사람이 없어 무거운 발걸음을 돌려야만 했습니다.

아내가 몇 달 전부터 식당에 다니며 그를 대신해 가족들의 생계를 꾸려가고 있는 형편입니다. 어린 아이들과 함께하는 저녁 밥상 때마다 그는 미안하고 부끄러운 마음에 밥알을 넘기지 못했습니다. 그런 자신의 모습이 더욱 싫어 언제부터인가 서울을 보지 않는 습관이 생기기도 했습니다.

그는 차마 집으로 돌아갈 수가 없었습니다. 밀린 월세가 억센 손아귀로 발목을 잡아채는 것 같아 그는 하릴없이 시내를 돌아다녔습니다. 저녁 무렵 그는 용기를 내어 친구를 찾아갔습니다. 일자리를 부탁하면서 밀린 월세 얘기를 어렵게 꺼냈습니다. 고맙게도 친구는 흔쾌히 여기저기 알아보겠다며 위로를 해주었습니다. 그리고 힘을 내라고 어깨를 다독이며 삼겹살에 소주를 사주었습니다.

그러나 집에서 기다리고 있을 아내와 아이들 생각에 그는 고기 한점 입에 넣을 수가 없었습니다. 쓰디쓴 소주에 놀란 속을 그는 오이 몇 조각으로 달래다 일찍 일어섰습니다. 빈속에 마신 술이라 취기가 오른 그는 힘겹게 집으로 돌아왔습니다.

집 앞 골목으로 들어서니 귀여운 딸아이가 반갑게 달려와 안겼습니다.

"아빠, 엄마가 오늘 고기 사왔어. 아빠 오면 같이 먹는다고 아까부터 기다렸단 말야."

열 시가 넘은 시각에 아내는 그를 기다리며 늦은 저녁상을 차리고 있었습니다.

"사장님이 애들 갖다 주라고 고기를 싸주셨어요. 당신하고 같이 먹으려고 기다렸는데 어서 씻고 오세요."

모처럼 만에 먹어보는 고기라 아이들은 정신이 없었습니다. 그 모습을 보는 그는 그만 아이들에게 조차도 죄를 짓고 있다는 생각이 들어 울컥해서 고개를 돌리고 말았습니다.

"당신도 어서 드세요."

아내가 그런 그의 마음을 읽고는 고기 한점을 밥 위에 놓아줍니다.

"난 아까 친구 만나서 삼겹살에 소주 한 잔 했어. 그러니까 당신하고 애들이나 많이 먹으라고. 나 기다린다고 꽤 배가 고팠을 텐데…."

그는 마당으로 나와 아무도 모르게 눈물을 훔쳤습니다.

'가엾은 내 아내.'

사실 아내가 가져온 고기는 식당 주인이 준 것이 아니라는 것을 그는 알고 있었지만 아무 말도 할 수가 없었습니다. 마음이 여려서 손님들이 남기고 간 쟁반의 고기를 바라보며 몇 번이고 망설였을 아내는 집에서 엄마를 기다리고 있을 아이들의 얼굴을 생각하며 떨리는 손으로 고기를 비닐봉지에 서둘러 담았을 것입니다. 아픈 마음을 사랑이라는 포장지에 꼭꼭 감춘 채 행복하게만 웃고 있는 착한 아내의 마음이 행여 다칠까 염려가 되었습니다.

우리나라에는 없는 나무 중에서 '세쿼이아' 라는 나무가 있는데 그 나무
는 뿌리가 거의 땅 표면에만 붙어 있고 땅속 깊이 박히지 않는다고 합
니다. 그런데도 강풍이 종종 부는 미국의 서부 해안에서 그 나무는 잘
자란다고 합니다. 알고 보니까 세쿼이아는 혼자 자라지 않고 꼭 여럿이
숲을 이룬다는 데 지표 바로 밑에서 뿌리들이 서로 얽혀 있답니다. 그
래서 강풍이 불어도 끄떡없다는 것입니다.

우리에게 **가족은 서로서로 뿌리를 얽고 있는** 세쿼이아 나
무 같은 존재가 아닐까요.

나누며 살아가는 우리들의 꿈

자유로움이 만들어낸 길

오랜 설계와 노력 끝에 초대형 테마공원의 조성이 시작되었습니다. 그런데 막상 건축설계를 담당한 그는 한 가지 고민에 빠지게 되었습니다. 사람들이 걸어 다닐 길에 대한 설계를 수십 번 뜯어고쳤지만 만족스럽지 못했던 것입니다.

'어떻게 하면 공원의 분위기와 잘 어울리고 효율적인 길을 만들 수 있을까?'

그는 쉽게 아이디어가 떠오르지 않자 잠시 일을 뒤로 한 채 여행을 떠났습니다.

차를 몰고 고속도로를 달리고 있는데 길가에서 딸기를 파는 사람들을 보게 되었습니다. 그런데 사려는 사람이 거의 없어 좌판 앞은 썰렁한 분위기였습니다. 무심코 지나쳐 얼마쯤 더 달렸을 때였습니다. 딸기밭 입구에 엄청난 수의 사람과 차량들이 줄을 서 있는 게 보였습니다. 그는 호기심이 생겨 차를 세우고 그곳으로 가보았습니다. 한 할머니가 그 딸기밭의 주인이었는데 건강이 좋지 않아 좌판 내신 새로운 방법으로 판매를 하고 있었던 것입니다. 《만원만 내면 누구든지 밭을 돌아다니며 마음껏 딸기를 딸 수 있습니다.》

그것이 연일 수많은 사람들을 딸기밭으로 몰려들게 한 것입니다. 딸기 맛으로 치자면 주변의 여느 밭이나 마찬가지였지만 할머니의 딸기 판매방식이 사람들의 흥미를 유발했던 것입니다.

그는 순간 떠오른 생각에 그 길로 차를 돌려 자기 사무실로 달렸습니다. 대략 길이 날 곳을 예상해서 그곳에 잔디 씨앗을 뿌리게 했습니다. 그리고 테마공원을 예정보다 빨리 개장하도록 지시를 내렸습니다.

얼마 후 공원은 개장되었고 잔디도 조금씩 자라기 시작했습니다. 사람들이 이곳저곳을 구경하는 동안 잔디는 자연스럽게 길을 만들어갔습니다. 사람들이 밟고 지나간 자리의 잔디는 노랗게 죽어 길이 만들어졌던 것입니다.

우리가 아무리 노력해도 생각처럼 풀리지 않는 일에 종종 부딪치게 됩니다. 때로는 그 상황을 벗어나거나 우회하는 것도 실마리를 찾는 기회가 될 수 있습니다. 행여 성급함에, 더러는 분위기에 휩쓸려 무작정 돌진한다면 돌이킬 수 없는 과오를 낳을 수도 있습니다.

함께 사는 세상

태평양을 항해중인 유람선이 어마어마한 태풍을 만났을 때의 일입니다. 거센 파도가 쉴 새 없이 몰아쳐 기관실도 잠기고 통신장비마저 불통이 되어 유람선은 바다 위를 정처 없이 표류하게 되었습니다.

유람선 안에 있던 사람들은 모두 절망에 빠졌습니다. 음식은 물론 물마저 줄어가는데 구조선은 나타날 기미가 보이지 않았습니다. 그들의 절망이 깊을 데로 깊어진 상태로 며칠이 지났습니다. 태풍으로 배가 요동을 칠 때 머리를 심하게 다쳤던 한 사람이 죽고 말았습니다. 남은 사람들은 겉으로는 슬픈 척했지만 속마음은 타들어갔습니다. 사람들의 유일한 관심사는 누가 주먹밥 한 조각과 물 한 모금을 더 차지하느냐에 있었습니다.

승객들 중 임산부가 있었는데 그녀가 아기를 낳게 되었습니다. 아기의 우렁찬 울음소리가 들리자 사람들에게 놀라운 변화가 생겼습니다.

"우리는 죽더라도 저 아기만은 살려야 해."

그러자 모든 사람들이 동참하여 산모를 돌보기 시작했습니다. 서로 자기 몫에서 조금씩 덜은 주먹밥을 산모에게 먹이고 물도 나눠주었습니다. 또 낚시를 해서 잡은 물고기를 끓여 산모에게 먹이는 등 정성을 다했습니다. 차츰 그들은 산모뿐만 아니라 옆 사람에게도 애정을 나누고 베풀었습니다.

며칠이 지난 어느 날, 불행히도 또 한 사람이 눈을 감고 말았습니다. 그는 죽기 전에 유언처럼 한마디를 남겼습니다.

"부디 내 죽음이 저 아기를 위한 죽음이 되게 해주세요."

사람들의 얼굴에는 이제 탐욕도 이기심도 사라져 모두가 평화스러운 모습이었습니다. 선한 사람들에게 신은 구원의 손길을 아끼지 않기 때문이었을까요? 그 다음날 그들은 모두 무사히 구조될 수 있었습니다.

남극의 펭귄들은 서로의 온기를 나누기 위해 무리의 앞쪽에서 바람막이를 하다가 시간이 지나면 교대를 하듯 뒤로 돌아옵니다. 그러나 누구도 바람 앞에 서는 것을 거부하지 않습니다. 서로 뒤에만 서려고 하면 친구들이 없어져 결국 자신도 살아갈 수 없다는 것을 잘 알기 때문입니다.

인생을 결정짓는 지혜로운 선택

성인식이 거행되는 인디언 마을에는 그 준비와 열기로 한껏 들떠 있었습니다. 성인식은 해마다 치러지는 이 마을의 주요 행사 가운데 하나였습니다.

마을 어른들이 하나 둘 광장으로 몰려들었고 소년들도 만반의 준비를 했습니다. 소년들은 추장으로부터 바구니를 하나씩 받아들었습니다.

바구니를 나눠준 추장이 소년들을 옥수수밭으로 데리고 갔습니다. 소년들은 조금 이상하다는 듯 서로 쳐다보았습니다.

"자랑스러운 소년들이여! 지금부터 이 옥수수밭을 가로질러 걸어가거라. 그리고 너희들은 가장 크고 잘 익은 옥수수를 하나만 따서 그 바구니에 담아오너라!"

추장의 말에 소년들은 킥킥 웃어대기 시작했습니다.

"추장님이 실성을 하셨나봐. 토끼나 사슴 사냥도 아니고 겨우 옥수수를 따오라고 하시니 어떻게 된 거 아냐?"

그러나 추장은 진지한 표정으로 말을 이었습니다.

"한 가지 명심할 것은 옥수수를 따고나서는 걸어간 길로 다시 되돌아갈 수 없고 옥수수를 다른 것으로 바꿀 수도 없다!"

소년들은 투덜대며 옥수수밭으로 들어섰습니다. 옥수수를 따는 일은 너무 쉬운 일이라고 생각한 소년들은 전혀 긴장하지 않았습니다.

옥수수밭은 굉장히 넓었고 옥수수들이 주렁주렁 매달려 있어서 손만 뻗으면 크고 잘 익은 옥수수를 따는 일은 그리 어려운 일이 아니었습니다.

그러나 시간이 지날수록 소년들은 옥수수를 선택하는 데 어려움을 겪었습니다. 수많은 옥수수 가운데 서로 비교를 하다 보니 어떤 것이 탐스럽고 잘 익었는지조차 구분하기 힘들어졌습니다. 앞으로 나아갈수록 앞에 보이는 옥수수가 더 좋아보여서 소년들은 더욱 난감해졌습니다.

그렇게 혼란이 커지는 가운데 소년들은 옥수수밭 건너편에 이르게 되었습니다. 아직도 옥수수를 고르지 못한 소년들은 더욱 조급해졌습니다. 그들은 이제 탐스럽고 잘 익은 옥수수 따위는 안중에 없고 그저 아무것이나 하나 바구니에 담아야만 했습니다. 지나쳐온 곳에 잘 익은 옥수수들이 분명 있었지만 다시 되돌아갈 수도 없었습니다.

옥수수가 담긴 바구니를 들고 소년들이 집합하자 추장이 말했습니다.

"너희들은 성인식에 왜 옥수수 따기 같은 시시한 일을 시켰는지 궁금했을 거다. 그래, 옥수수를 직접 따보니 생각처럼 쉬웠더냐? 내가 성인식에 옥수수 따기를 시킨 것에는 이유가 있다. 옥수수를 따는 것은 곧 인생의 반려자를 선택하는 것과도 같기 때문이다."

그 말에 소년들은 추장을 바라보았습니다. 추장이 다시 인자한 표정을 하며 말을 이었습니다.

"성인이 되면 결혼이라는 중요한 과정도 거치게 되지. 한평생을 함께 할 동반자를 찾는 것이니까 어느 때보다 신중을 기하지 않으면 안 된다. 그런데 사람들은 반려자를 고를 때 더 나은 조건을 찾으려고 욕심을 내다가 오히려 소중한 사람을 놓치는 일이 허다하다. 반면에 성급하게 결정을 했다가 훗날 후회를 하는 경우도 종종 있지. 그러니 신중하게 한 사람을 선택해야만 되는 것이고 그것이 곧 한평생의 행복과 연관되는 일이기도 하다. 그러나 너무 고르다 보면 누가 과연 자신에게 맞는 반려자인지 혼란을 가져올 때가 있다. 그러니 옥수수를 고를 때처럼 너무 성급하지도 않고 너무 욕심을 부리지도 않는 마음가짐이 필요한 법이다."

그때서야 소년들은 추장의 뜻을 이해하고는 고개를 끄덕이기 시작했습니다.

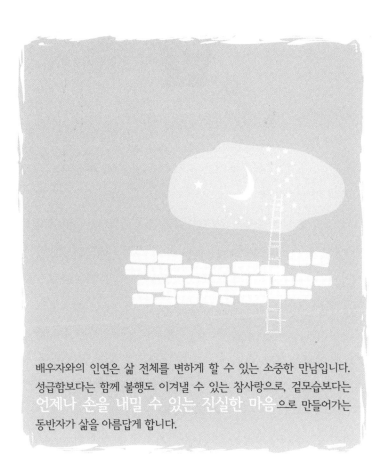

배우자와의 인연은 삶 전체를 변하게 할 수 있는 소중한 만남입니다.
성급함보다는 함께 불행도 이겨낼 수 있는 참사랑으로, 겉모습보다는
언제나 손을 내밀 수 있는 진실한 마음으로 만들어가는
동반자가 삶을 아름답게 합니다.

인생을 사는 지혜로움

한 교수 밑에서 똑같은 가르침을 받고 사회에 뛰어든 두 사람이 있었습니다.

교수는 늘 학생들에게 인생은 칼을 가는 일과도 같다고 인생의 지침이 되는 말을 해주었습니다. 하지만 교수는 자신의 그 한마디에 평소에 아끼던 두 제자의 미래가 어떻게 달라질지 상상도 하지 못했습니다.

십여 년이 흐른 뒤 두 사람은 전혀 다른 길을 걷게 되었습니다. 한 사람은 높은 지위에 오르고 존경을 한몸에 받아 많은 사람들이 주변에 몰려들었습니다. 그가 이끄는 개발 프로젝트가 큰 성과를 거둬 명성이 국내외로 크게 알려졌습니다.

반면에 다른 한 사람은 정 반대의 처지에 놓이게 되었습니다.

그는 하는 일마다 어긋나 직장도 여러 번 옮겨 다녔고 대인관계도 원만하지 못했습니다. 몇 년 전에는 구조조정으로 그나마 어렵게 들어간 회사에서 밀려나기까지 했습니다. 그 후 그는 사업을 시작했지만 사기를 당한 채 남은 재산마저 모두 날려버렸습니다.

칠순을 맞은 교수에게 두 제자가 나란히 찾아왔습니다. 어려운 처지에 놓인 제자가 교수를 보자 노골적으로 불편한 심기를 드러냈습니다.

"교수님, 저는 졸업 후에도 칼을 갈아야 한다는 말씀을 한번도 잊은 적이 없었습니다. 지식을 쌓고 세상 살아가는 일에 대한 준비를 게을리 한 적도 없습니다. 그런데 왜 저에게는 기회가 오지 않는 거죠?"

교수는 말없이 지그시 눈을 감았습니다. 대신 성공한 제자가 나서더니 교수를 향해 말문을 열었습니다.

"저도 졸업 후 교수님의 말씀대로 칼 가는 일에 노력을 다했습니다. 온 힘을 다해 처음에는 칼을 날카롭게 갈았습니다. 하지만 다시 무디게 가는 일도 잊지 않았습니다. 칼날이 너무 날카로우면 다른 사람을 해치고 자기 자신에게도 상처를 준다는 것을 깨달았기 때문입니다."

'젊은 베르테르의 슬픔'이라는 소설에 나오는 '보도니아의 돌'을 아십
니까? 보도니아의 돌은 낮 동안에 햇빛을 받아 두었다가 밤에는 스스로
빛을 낸다는 신비의 돌입니다.
스스로 빛을 내는 보도니아의 돌이 되기 위해 오늘 하루 낮 시간을 잘
살았던가? 내가 주위의 그 누구도 의식하지 못하고 있는 동안에도 나는
사람들 속에서 그런 빛을 발하고 있었을까?
자기완성을 위한 노력은 끝이 없습니다.

사랑을 위한 사랑법

도심 외곽에 있는 어느 공동묘지의 한 관리인에게 한 가지 근심거리가 생겼습니다.

지난 수개월 동안 한 주도 거르지 않고 한 여인으로부터 자신의 아들 무덤에 꽃다발을 놓아달라는 부탁의 편지와 함께 우편환이 동봉되어 왔던 것입니다. 그런데 오늘 그 여인이 직접 찾아온다는 말에 관리인의 심정이 착잡해졌습니다.

오후가 되자 병색이 짙은 초췌한 모습의 여인이 커다란 꽃다발을 안고 와서는 관리인에게 말했습니다.

"그동안 감사했습니다. 오늘은 제가 직접 아들 무덤에 꽃을 놓아주려고요. 사실 제가 중병에 걸려 앞으로 한 달도 살지 못할 거예요. 처음 아들이 죽었다는 사실 때문에 자포자기하는 심정이 되어 몸을 돌보지 않아서 몹쓸 병까지 걸리게 되었답니다. 그래서 마지막으로…."

관리인은 그녀를 물끄러미 바라보다 결심을 한 듯 어렵게 입을 열었습니다.

"그동안 말씀을 드리려고 했는데…. 꽃다발을 놓아달라며 계속 돈을 보내주시는 것을 유감스럽게 생각하고 있었습니다."

관리인의 말에 여인은 두 눈을 동그랗게 떴습니다.

"유감이라니 그게 무슨 말인가요?"

"이곳에서는 그 어느 누구도 꽃의 아름다움을 보거나 향기를 맡을 수가 없답니다. 그러나 여기서 가까운 곳에 있는 병원 사람들은 꽃을 아주 좋아합니다. 그들에게 있어서 꽃은 생명과도 같은 의미일 테니까요. 그들은 꽃을 보고 냄새를 맡으면서 건강해질 미래의 자신의 모습을 떠올린답니다. 비록 아픈 몸으로 병원에 있지만 그들은 살아있습니다. 그렇지만 이곳에는 살아있는 사람이 아무도 없답니다. 그래서 부인의 뜻은 충분히 알지만…."

여인은 아무런 대답도 하지 못했습니다. 그녀는 잠시 자리에 앉아 있다가 말없이 돌아갔습니다.

몇 달이 지난 뒤 관리인은 자기 눈을 의심하게 되었습니다. 한 달 밖에 살지 못한다고 하던 그 여인이 다시 찾아온 것입니다. 그것도 아주 건강한 모습으로 환한 웃음까지 지으며 와서는 관리인에게 말했습니다.

"그때 했던 당신의 말이 맞았어요. 그래서 그날 이후로 꽃다발을 병원 환자들에게 갖다 주기 시작했지요. 환자들이 매우 기뻐하더군요. 그리고 더욱 기쁜 사실은 제 병이 씻은 듯 나았다는 거예요. 의사들조차 기적이라고 말하더군요. 저는 지금 제 삶의 의미를 다시 찾았답니다."

여인은 밝은 미소를 남기고 돌아갔습니다.

사랑하는 아들을 잃었고 그로 인해 중병에 걸렸지만 그녀는 늦게나마 생명의 소중함을 깨닫게 된 것입니다.
살아있다는 사실에 감사하며 자신의 삶을 조용히 되짚어보는 것은 우리 인간만이 가질 수 있는 소중한 시간입니다. 삶의 목표를 어디에 두고 있는지 그리고 왜 살아서 숨을 쉬고 있는지 우리는 늘 잊지 말아야 하겠습니다.

굳건하게 싹을 틔우는 힘

아주 깊은 산골에 사는 한 아버지는 이제 막 중학교에 들어간 아들이 걱정이 되었습니다. 십리 길을 걸어서 학교를 다니는 아들이 행여 자신의 환경에 대해 불만을 품을지도 모른다고 생각했기 때문입니다. 사춘기로 접어든 나이라 얼마든지 도시에 대한 동경을 품고 그로 인해 성급한 일을 벌일지 모른다는 우려도 생겼습니다.

그러지 않아도 아들은 학교에서 돌아온 뒤 흙탕물에 신발이 젖고 다리도 아프다며 투정을 부리고 있었습니다. 그리고 언제쯤 인터넷을 연결할 수 있느냐며 참았던 불만까지 털어놓았습니다. 아버지는 잔뜩 뾰로통해진 아들에게 넌지시 말을 건넸습니다.

"지금 밭에 나가 콩을 심으려고 하는데 도와주지 않겠니?"

그래도 아버지 말을 잘 듣는 아들은 잠시 망설이더니 밑 보이는 투정을 툴툴 털어버리고는 따라나섰습니다.

아버지는 아들이 보는 앞에서 콩을 심었습니다. 가급적 땅 속 깊이 콩을 묻었습니다. 며칠이 지난 뒤 호기심이 발동한 아들은 콩을 심은 곳을 파보았습니다. 그 속에는 줄기와 노란 떡잎 두 장을 보란 듯이 내밀고 있는 콩이 자라고 있었습니다. 그 작고 어린 생명이 무거운 흙을 비집고 자라고 있었던 것입니다.

아들이 신기한 듯 아버지에게 말했습니다.

"참 재미있어요. 새싹에 눈이 달린 것도 아닌데 꼭 위로만 자라니 말이예요."

"그러게 말이다. 너도 배워서 알겠지만 콩에게 태양이 필요하기 때문이겠지. 햇빛을 받아야 콩은 무럭무럭 자랄 수가 있으니까."

그 말에 아들은 곰곰이 생각하더니 이상하다는 듯 말했습니다.

"그럼 빨리 자라게 얕게 묻으면 되잖아요?"

아들의 말에 아버지가 아들의 어깨를 어루만지며 입을 열었습니다.

"깊게 묻힌 씨앗은 싹을 틔우기는 어려울지 모르지. 하지만 두꺼운 흙을 뚫고 자라기 때문에 뿌리가 깊어지고 줄기와 잎이 튼튼해질 수 있단다."

아버지의 말에 아들은 고개를 끄덕였습니다. 집으로 돌아오는 길에 아들이 아버지의 손을 잡으며 말했습니다.

"제가 콩하고 비슷하다는 생각을 했어요. 지금은 아주 깊고 깊은 산골에서 살고 있지만 앞으로 시내에 있는 고등학교에 진학하게 될 테고 또 더 큰 도시에 있는 대학에 가고 또 졸업하면 제가 하고 싶은 일을 할 수 있겠지요?"

아버지는 미소를 머금은 채 아무런 말을 하지 않았습니다. 다만 아들을 잡고 있는 손에 더 따뜻한 온기를 전해주듯 지긋이 힘을 주는 것으로 대신할 뿐이었습니다.

야쿠 섬에 있는 수천 년 된 삼나무도, 캘리포니아의 요세미타 공원에 있는 메타세쿼이아도 처음에는 아주 작은 씨앗에 불과했지만 땅에서 수분과 영양을 얻어 어느 새 커다란 나무가 되었습니다.
마음속에 작은 씨앗을 심어보세요. 그것은 희망을 품는 일입니다. 시간을 들여 소중히 키우세요. 물을 주고 영양분을 공급하고 바람이나 태풍으로부터 보호해주세요. 그러면 분명 언젠가 그 씨앗은 올려다볼 정도의 커다란 나무가 될 것입니다.

두려움 없는 개척하는 삶

보다 넓은 세상을 보고 싶어 하던 그는 여행을 떠나기로 했습니다.

우선 자신이 사는 곳의 강물을 따라 내려가 보기로 결정을 했습니다. 강과 바다가 만나는 지점까지 가보는 것이 일차 목표였습니다. 그는 여행을 떠나기 전에 먼저 강을 탐험해본 사람들을 만나 그들의 경험을 토대로 지도를 작성하는 등 준비를 철저하게 했습니다.

"음, 이 정도라면 코흘리개 어린애도 보고 따라갈 수 있을 거야. 아주 완벽해!"

그는 스스로 완벽한 지도를 만들었다고 자부했습니다. 그런데 여행을 시작한 지 반나절도 안 되어 난관에 부딪치고 말았습니다. 지도상에는 분명 강줄기가 오른쪽으로 완만하게 구부러지게 되어 있었지만 실제는 달랐던 것입니다. 강은 지도와는 반대로 왼쪽으로 급커브를 그리며 휘어있었습니다.

'아, 이거 낭패인걸. 이제 어쩌면 좋지?'

그는 땅바닥에 주저앉아 깊은 고민에 빠졌습니다. 해가 질 무렵까지 오랫동안 생각의 끝을 잡고 있던 그는 벌떡 일어나며 소리쳤습니다.

"그래, 이런 건 애당초 필요 없었어!"

그는 지도를 강물에 힘껏 던져버렸습니다. 그러자 모든 문제가 사라진 듯 홀가분해졌습니다.

길을 알려주던 지도 대신 숨어있던 자신감이 그의 걸음을 이끌기 시작했습니다. 그는 어둠이 내린 강줄기를 따라 어느 때보다 힘찬 걸음을 내딛을 수 있었습니다.

살아가는 것은 시험이 아니라 실험입니다. 시험에는 합격과 불합격이 있지만 실험에는 불합격도 실패도 없습니다. 일정한 가설을 세우고 그 가설과 똑같은 결과가 나왔다면 그 실험은 대성공을 거두었다고 할 수 있습니다. 다만, 예상과는 전혀 다른 결과가 나왔다고 해도 그것은 결코 실패가 아닙니다. 예상대로 되지 않았을 때 비로소 위대한 발견이 태어나는 것이니까요.

인생은 어느 쪽이든 성공한 것입니다.

일생 중에 좋은 기회는 세 번 정도 찾아온다는 말이 있
습니다. 그 말이 사실이라면 그 중의 한 번은 진정으로
사랑할 사람을 만나는 기회가 아닌가 싶습니다. 사랑을
구경하는 사람이 아니라 사랑을 하는 사람 말입니다.

4

변하지 않는 영원한 사랑

외나무다리 건너기

깊은 산골을 여행하던 그는 외나무다리를 건너게 되었습니다.

그는 몇 걸음 가지 않아 건너편에서 오는 임산부와 마주치게 되었습니다. 그는 지체 없이 몸을 돌려 되돌아왔습니다. 임산부가 무사히 건너오자 그는 다시 다리를 건너기 시작했습니다. 그가 다리 중간쯤 왔을 때였습니다. 이번에는 땔감을 가득 지고 있는 노인과 만나게 되었습니다. 그는 두말없이 또다시 되돌아와 노인이 건널 수 있도록 양보를 했습니다.

그런데 다시 다리를 건너려던 그는 잠시 망설였습니다. 다리 건너편을 보니 아직도 건너오려는 사람들이 많았기 때문입니다. 막 건너오는 사람을 잡고 물었더니 마침 장날이라는 것이었습니다. 그는 하는 수 없이 그들이 모두 건너기를 기다리기로 했습니다. 사람들이 모두 건너왔을 때 그는 잰걸음으로 다리를 다시 건너기 시작했습니다.

다리의 끝이 보일 때쯤이었습니다. 이번에는 수레를 끄는 사내가 막 다리를 건너려고 하는 게 보였습니다. 그는 이번만큼은 절대 양보하고 싶지 않았습니다. 그는 사내에게 공손히 말했습니다.

"잠깐만요. 저는 지금까지 다른 사람들에게 양보를 하느라고 다리를 건너지 못하였습니다. 그런데 이제 조금만 가면 다리를 건널 수 있으니 괜찮다면 이번에는 그쪽에서 양보를 해주실 수 없을까요?"

그러나 사내는 대뜸 볼멘소리를 퍼부었습니다.

"지금 무슨 소리요? 당신은 내가 지금 수레를 끌고 급히 장에 가는 게 보이지 않소?"

두 사람은 서로 양보를 하지 않은 채 말다툼을 벌였습니다. 그때 마침 상류에서 작은 배 한 척이 유유히 떠내려 오고 있었습니다. 배에는 한 스님이 타고 있었습니다.

두 사람은 마치 약속이라도 한 것처럼 스님에게 자신들의 시시비비를 가려달라고 부탁했습니다.

스님이 합장을 하더니 먼저 수레를 끌고 가는 사내를 향해 물었습니다.

"정말 그렇게 바쁘십니까?"

그러자 사내가 발끈해서 소리쳤습니다.

"암 바쁘고말고요. 만약에 조금이라도 지체한다면 오랜 만에 서는 장에 시간을 맞춰 갈 수가 없답니다. 그렇다면 다시 닷새를 기다려야만 장에 갈 수 있습니다."

"음, 그렇게 바쁘게 장에 가신다면 왜 저 분에게 양보를 하지 않으셨습니까? 당신이 몇 걸음만 물러나시면 저 사람은 금방 지나갈 수 있을 테고 그러면 당신도 얼마든지 쉽게 다리를 건너 장에 갈 수 있었을 텐데요."

사내는 아무 말도 할 수 없었습니다. 스님은 인자한 미소를 머금더니 이번에는 그에게 질문을 했습니다.

"당신은 저 사람에게 길을 양보하지 않은 이유가 무엇인지요? 지금까지 다른 사람들에게 양보만 하다가 이제야 비로소 조금만 가면 다리 끝에 도착하게 되었기 때문에 이번만큼은 양보하고 싶은 마음이 없었던 것은 아닌지요?"

그는 억울하다는 듯 말했습니다.

"저는 이미 많은 사람들에게 길을 양보했습니다. 그러나 만약 저 사람에게까지 양보를 한다면 아마 전 이 다리를 건너지 못할지도 모릅니다."

"허나 당신은 이미 다리를 다 건너온 것이나 마찬가지 아닌가요? 기왕 많은 사람들에게 양보를 하셨다면 저 사람에게도 넓은 아량을 보이시는 게 어떤지요?"

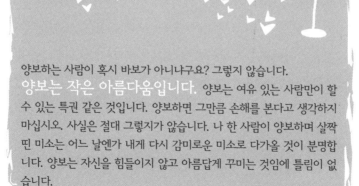

양보하는 사람이 혹시 바보가 아니냐구요? 그렇지 않습니다.
양보는 작은 아름다움입니다. 양보는 여유 있는 사람만이 할
수 있는 특권 같은 것입니다. 양보하면 그만큼 손해를 본다고 생각하지
마십시오, 사실은 절대 그렇지가 않습니다. 나 한 사람이 양보하며 살짝
띤 미소는 어느 날엔가 내게 다시 감미로운 미소로 다가올 것이 분명합
니다. 양보는 자신을 힘들이지 않고 아름답게 꾸미는 것임에 틀림이 없
습니다.

175

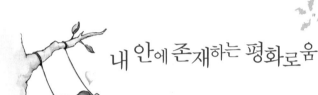

내 안에 존재하는 평화로움

대학 캠퍼스 한 곳에 둘러앉은 미술과 학생들의 분위기는 그다지 밝지가 않았습니다.

다가오는 기말시험 때문이었습니다. 각자 그림을 한 장씩 그려 제출해야 했는데 만만한 과제가 아니었습니다. 주제는 평화이고 소재는 자유라고 했지만 쉽게 가닥을 잡을 수 없었습니다.

"무슨 고민이야? 생각해보면 선택의 여지가 오히려 많잖아. 지친 삶을 다독여주는 잔잔한 바다 풍경이랄지 아니면 비둘기들이 비상하는 이른 아침의 눈부심 아니면 만선의 배들을 배경으로 있는 석양 노을을 그리던지…"

한 학생이 대수롭지 않다는 듯 떠벌이자 다른 친구가 버럭 화까지 내며 목소리를 높였습니다.

"야, 그렇게 흔해빠진 거야 누가 못 그리겠어? 문제는 독창성이라고. 교수님도 그런 점에 더 점수를 줄 테고 말이야. 차라리 초저녁의 분위기가 어떻까? 근데 어스름을 표현하기가 여간 까다로운 게 아닌데 말이야."

"그럼 허리 굽은 노인이 추수하는 모습은 어때?"

"그것도 무리야. 노인의 얼굴과 표정 연출이 만만치 않아."

"그럼 아예 추상적으로 처리해버리면 어떨까?"

"모두들 그럴 듯한 생각이야. 하지만 난 아주 색다르게 시도해 볼 거야!"

돌파구를 찾지 못한 학생들은 결국 나름대로 작품을 완성해 보기로 했습니다.

일주일 후 작품 제출이 마감되었고 담당 교수가 소재별로 분류해가며 심사를 하기 시작했습니다.

"음, 많은 학생들이 나름대로 아이디어를 내서 평화를 표현하고자 노력한 흔적이 역력하군."

교수는 제출된 그림을 한 장 한 장 넘겨가며 채점을 했습니다.

"이 그림은 젖소가 풀을 뜯는 목장과 아이들이 해맑게 뛰노는 언덕. 오호, 이건 낚시터 풍경이고, 비 오는 날 우산을 쓰고 여유롭게 걷는 젊은 여자의 모습도 있네. 그런데 이 황혼녘 하늘은 너무 푸른 질감이 있고, 이 아침 풍경의 색감은 처리가 좀 미흡하고…"

그렇게 그림을 넘기던 교수가 눈빛을 반짝이며 그림을 자세히 살폈습니다.

"요동치는 바다 풍경이라! 폭풍을 표현한 것 같은데 검은 구름이 하늘 가득 몰려오고 사나운 물결이 배를 삼키려는 듯 날뛰고 있어. 배가 마치 가랑잎처럼 갈팡질팡하는 것이 당장이라도 뒤집히겠어. 아니, 이런 살벌한 장면이 평화롭다고 생각했다는 건가? 가만, 키를 움켜잡고 있는 것은 어른도 아닌 소년이네. 음, 눈물까지 흘리고 있는 것을 보니 두려움에 떨고 있군. 가여운 생각까지 들게 하는 생생한 모습이야. 가만, 그런데 이건 뭐지?"

교수는 소년 바로 뒤에 있는 희미한 형상을 발견하고는 더 자세히 보려고 얼굴을 가까이 들이댔습니다.

순간 교수는 자신의 무릎을 탁 치면서 자리에서 일어섰습니다. 키를 움켜잡고 있는 소년의 배경에는 당당하게 서 있는 또 다른 소년의 모습이 희미하게 그려져 있었던 것입니다. 그러나 두 소년은 동일 인물이었습니다. 분명 소년과 옷차림은 물론 얼굴까지 같았습니다. 소년은 두려움에 떠는 소년에게 무언가를 말하고 있는 듯했습니다.

"그래, 이게 평화일지 몰라!"

교수는 커다란 깨달음을 발견한 사람처럼 흥분하기 시작했습니다. 그는 그림을 다시 응시하며 혼잣말처럼 중얼거렸습니다.

"우리는 늘 두 개의 얼굴로 이 험난한 세상을 헤쳐 가며 항해를 하고 있는 셈이지. 그래서 또 다른 내가 나를 깨워주고 반대로 나라는 실체가 보이지 않는 또 다른 나를 조율하면서 사는 거야. 그게 우리가 추구하려는 진정한 평화의 모습이 아닐까!"

교수는 인생의 모습을 꿰뚫은 걸작이라고 판단했습니다. 결국 그 그림은 최우수작으로 뽑혀 캠퍼스에 전시되는 영광을 누릴 수 있었습니다.

인생을 살면서 왜 나만 운이 없고 도와주는 사람조차 없는가 하고 절망할 때가 있습니다. 하지만 가장 믿음직하고 훌륭한 조력자는 그런 나약함을 제거한 또 다른 자신입니다.
자신을 사랑하고 있는 강한 의지의 또 다른 나인 것입니다.

빛을 밝힌 남겨둔 사랑

중학교에서 미술을 가르치던 여선생이 있었습니다. 그녀는 시간만 있으면 그림을 즐겨 그리고 학생들을 무척이나 사랑하는 훌륭한 교사였습니다. 그러나 스물여덟 살이 되던 해에 그만 악성 뇌종양에 걸리고 말았습니다. 수술을 해도 생존할 수 있는 확률이 20퍼센트도 되지 않았습니다. 결국 육 개월 동안 그녀의 병세를 지켜보기로 결정했습니다.

그녀는 생을 마감할 때까지 온힘을 다해 그림을 그리고 시를 썼습니다. 그녀의 시 가운데 한 편을 제외한 모든 시가 출판되었고 또한 한 점을 제외한 모든 그림이 전시되었고 팔리게 되었습니다.

육 개월이 되던 어느 날, 그녀는 주변의 설득으로 수술을 받게 되었습니다. 수술받기 전 날, 그녀는 자신이 만약에 죽는다면 장기를 기증하겠다는 내용의 유언장을 남겼습니다. 수술은 실패로 끝나고 그녀는 눈을 감았습니다. 그녀에게 신이 약속했던 시간이 다 되었던 것입니다.

유언대로 그녀의 눈은 곧 다른 사람에게 빛을 주기 위해 급히 옮겨졌고, 서른 살의 한 청년이 기증받아 세상의 빛을 찾게 되었습니다. 그 청년은 자신에게 광명을 준 사람들에게 감사의 뜻을 전하고 어렵게 기증자의 부모를 수소문하여 찾아갔습니다. 아무런 연락도 없이 불쑥 찾아온 청년을 본 부모는 매우 당황했습니다. 청년이 찾아온 이유를 설명하자 어머니는 그를 따뜻하게 안아주었습니다.

"어서 와요. 괜찮다면 우리 집에서 며칠 동안 우리와 함께 보낼 수 없을까요?"

그녀의 어머니가 청년을 유심히 바라보며 말했습니다.

"청년을 어디선가 본 것처럼 전혀 낯설지가 않네요."

어머니는 갑자기 뭔가 생각이 났는지 청년의 손을 잡고 이층으로 급히 올라갔습니다. 그리곤 딸이 그린 그림을 꺼내 들었습니다. 그림 속의 남자는 청년과 정말로 똑같은 모습을 하고 있었습니다. 어머니는 딸이 죽어가며 쓴 마지막 시를 읽기 시작했습니다.

두 마음이 어둠을 건너 깊이 사랑하게 되나

두 사람은 서로를 바라볼 수가 없네.
하지만 두 사람의 어긋난 시선은
많은 사람들에게 또 하나의 태양으로
오늘도 세상을 비추네.
아, 끝나지 않을 나의 사랑이여!
영원한 태양이여!

청년의 눈에서 뜨거운 눈물이 흐르기 시작했습니다. 청년의
눈은 세상 그 무엇보다 찬란한 빛을 내고 있었습니다. 그것은
쉽게 꺼지지 않을 영원한 빛과도 같았습니다.

일생 중에 좋은 기회는 세 번 정도 찾아온다는 말이 있습니다.
그 말이 사실이라면 그 중의 한 번은 진정으로 사랑할 사람을 만나는
기회가 아닌가 싶습니다. 사랑을 구경하는 사람이 아니라 사랑을 하는
사람 말입니다.

새로움을 창조하는 힘

아프리카 사막지대에 진귀한 보물이 묻힌 동굴이 하나 있었습니다. 오랫동안 전설처럼 묻혀 있다가 그 소문이 알려진 것은 얼마 되지 않았습니다.

동굴의 비밀이 알려지자 사람들은 보물을 얻기 위해 사막으로 몰려들었습니다. 하지만 겨우 사막을 건너고도 곳곳의 함정 때문에 모두들 목숨을 잃고 말았습니다.

그렇게 오랜 세월이 다시 흘렀지만 사람들의 도전은 이어졌습니다. 어느 날, 한 청년이 보물을 찾아오겠다며 물과 먹을거리를 단단히 준비하여 길을 나섰습니다. 그는 돌아갈 때를 대비해 사막을 지나면서 곳곳에 표시를 남겨두었습니다. 동굴이 보이자 청년은 너무 흥분한 탓에 발을 헛디뎌 그만 독사가 우글거리는 함정 속으로 빠지고 말았습니다. 보물을 눈앞에 두고 그는 한 번의 실수로 독사에게 먹혀버리는 신세가 된 것입니다.

몇 년이 흘러 또 다른 청년이 보물의 꿈을 안고 사막으로 향했습니다. 사막을 걸으며 누군가 지나간 흔적을 발견하고는 그 표시를 따라 길을 걸었지만 결국 동굴 입구에 설치된 독화살에 맞아 죽고 말았습니다.

수년 동안 보물이 있는 동굴로 떠났다가 돌아오지 못한 사람들에 대해 연구를 하던 청년이 있었습니다. 그는 무엇 때문에 그들이 실패를 했고 어떤 방법이 가장 현명할지를 오랫동안 분석하고 고민했습니다.

그는 모든 준비를 마치고 짐을 꾸렸습니다. 그는 앞서간 사람들의 어떠한 흔적도 믿지 않겠다고 결심했습니다. 그는 오직 자신의 판단과 개척하는 힘을 믿은 채 사막에 첫 발을 내디뎠습니다. 새로운 길을 택해서 서두르지 않고 한 걸음 한 걸음 신중을 기하며 앞으로 나아갔습니다. 그는 몇 번의 함정이 있었지만 무사히 피해갈 수 있었습니다.

그렇게 동굴에 도착하자 역시 마음을 가다듬고 주위를 경계함을 잊지 않았습니다. 청년은 결국 동굴 속의 보물을 손에 넣고 무사히 집으로 돌아올 수 있었습니다.

세월이 흐르고 청년은 어느덧 늙어 임종을 앞두게 되었습니다. 그는 자손들을 한자리에 모아놓고 그 옛날을 회상하며 힘겹게 입을 열었습니다.

"내 말을 잘 들거라. 우리가 살아가는 데 있어서 안전한 길이 항상 행복을 주는 것만은 아니다. 앞서 간 사람들의 뒤를 따르는 것이 늘 안전한 삶을 보장해주는 것이 아니라는 뜻이다. 인생의 소중한 보물과 만나고 싶다면 용감하게 개척하고 자신의 판단에 따라 길을 걸어야 한다. 앞선 사람들의 경험에 너무 의지하지 말아야 한다. 수많은 사람들이 앞서서 닦아놓은 편한 길에는 너희들 몫의 소중한 보물은 없다. 만약에 그 길에 보물이 있었다면 이미 누군가 가져갔을 테니까 말이다."

세계적인 디자이너 루치아노 베네통은 자기만의 색깔로 승부한 멋진 디자이너입니다. 12살 때 아버지를 잃은 그는 아버지가 생전에 원했던 의사가 되기 위하여 열심히 공부를 하였습니다. 그러나 가정이 어려워 돈을 벌지 않을 수 없었습니다.

새로운 것을 만들기 좋아했고 항상 새로운 것을 시도하던 그는 어느 날 조각난 천을 엮어 나비 넥타이를 만들어 목에 매고는 손님들의 반응을 살폈습니다. 손님들은 의외로 그의 참신한 디자인과 다양한 색상에 많은 관심을 보여주었습니다. 그는 자신의 감각에 확신을 가지게 되어 자신만의 색깔로 훗날 베네통을 탄생시키게 되었습니다.

그는 이렇게 말했습니다.

"남을 뒤따라 하는 자는 결코 성공할 수 없다."

우리 앞에 놓인 선택의 순간

　방향을 잃고 시골길을 헤매던 한 남자가 있었습니다. 너무 오래 흙먼지를 뒤집어쓴 채 걸어서 그의 모습은 지칠 대로 지치고 더럽기까지 했습니다. 그는 어서 시골길을 벗어나 몸을 닦고 배를 채우고 쉴 수 있는 곳으로 가고 싶었습니다.

　흘러내린 땀으로 온몸이 흠뻑 젖을 무렵 마을이 보이는 갈림길에 이르렀습니다. 그는 잠시 그곳에 서서 양쪽 길을 비교해 보았습니다. 한쪽은 걷기가 비교적 쉬운 아스팔트였고 다른 쪽은 자갈길이었습니다. 그는 어느 길로 들어설지 망설이다가 마침 지나는 사람을 붙잡고 물었습니다.

"어디로 가야 저 마을로 갈 수 있죠?"

그러자 사내가 덤덤하게 대답했습니다.

"양쪽 모두 마을로 가는 길이오."

그는 양쪽 길을 번갈아보더니 다시 물었습니다.

"그럼 빨리 갈 수 있는 길은 어느 쪽입니까?"

사내는 손가락으로 길을 가리키며 말했습니다.

"이쪽 길은 짧고도 멀고 저쪽 길은 멀고도 짧소."

"예?"

그는 사내의 말을 쉽게 이해할 수가 없었습니다. 사내는 그 한 마디를 남기고는 벌써 저만큼 멀어지고 있었습니다.

'음, 어느 길로 가든 별 차이가 없다는 말인가?'

그렇게 판단한 그는 보다 수월해 보이는 길로 들어섰습니다. 그 길은 걷기도 편했고 조금만 가면 마을에 닿을 것만 같았습니다.

그런데 얼마 못 가서 낭패를 보고 말았습니다. 시내를 바로 코앞에 두고 갑자기 길이 끊어지고 넓은 하천과 과수원이 앞길을 가로막고 있었습니다. 그는 하는 수 없이 갈림길이 시작되었던 곳으로 다시 되돌아올 수밖에 없었습니다.

그때 길을 알려주었던 사내를 다시 만나게 되었습니다. 그는 약간 불만어린 목소리로 말했습니다.

"아까 분명히 이 길이 가깝다고 하지 않았나요?"

"그랬죠. 하지만 멀다고도 했을 텐데요."

그는 그때서야 알 것 같았습니다.

'오호, 짧고 편해 보이는 길이 때론 더 멀 수도 있구나. 그리고 험하고 불편해 보이는 길이 때론 더 가까울 수도 있다는 뜻이야!'

그는 이번에는 험해 보이는 다른 길로 들어섰습니다. 처음에는 걷기에 불편하고 힘이 들었습니다. 자갈 때문에 자꾸만 발이 헛딛어져 넘어질 듯 위태로웠습니다. 하지만 그 길은 아무런 막힘없이 마을로 곧장 이어져 있었습니다. 그는 비로소 지친 몸을 씻고 허기진 배를 달랠 수 있었습니다.

우리에게 놓여진 삶의 길은 늘 하나일 수 없습니다. 정도의 길이 있으면 그 반대의 길도 존재하는 법입니다. 우리는 완벽하지 못한 인간이기에 언제나 그 앞에서 갈등을 하고 혼란을 겪게 되는 것입니다. 바르지 못한 길은 편한 것 같지만 결코 그렇지 않습니다. 반면 험한 길은 고통만을 떠안을 것 같지만 목적지로 안전하게 인도해주기도 합니다.

사랑을 먹는 나무

수목원으로 한 통의 전화가 걸려왔습니다.

"하도 이상해서 전화를 드렸는데요. 12년 동안이나 꽃을 피우지 않는 나무가 있어요. 지금까지 꽃은커녕 손톱만한 싹도 본 적이 없어요. 어떻게 하면 꽃을 피울 수 있을지 좀 가르쳐주세요."

수목원 주인은 그 질문에 당황하지 않을 수 없었습니다. 그러나 그는 곧 차분하게 물었습니다.

"어떤 종의 나무죠?"

"그, 그게 사실 잘 모르겠는데요."

우물쭈물하는 반응에 수목원 주인은 약간 단호한 어투로 물었습니다.

"그럼 당신은 평소에 그 나무를 좋아했나요?"

"사실 장모님이 선물로 준 거라 차마 버리지 못하고 억지로 키우고 있습니다."

"음, 그럼 당신 부인은 그 나무를 좋아하나요?"

"전혀요. 십 년이 넘도록 꽃 한 번 피우지 않는 나무를 누가 좋아하겠어요?"

그때서야 수목원 주인은 그 원인을 알고는 타이르듯 말했습니다.

"만약에 어떤 사람이 당신을 좋아하지 않는다면 당신은 그 사람에게 호감을 갖겠습니까? 당신이라면 아무런 스트레스도 받지 않고 꽃을 피울 수 있겠냐는 말입니다."

수화기 저쪽에서는 침묵만이 전해졌습니다. 그가 아무런 대꾸를 하지 못하자 수목원 주인은 조금 더 목소리를 가라앉혀 말을 이었습니다.

"지금부터 그 나무를 잘 살펴보세요. 그리고 그 나무를 좋아하게 될 만한 것들을 찾아보시는 겁니다. 그 다음에 그렇게 멋진 나무가 당신의 마당에 있어서 기쁘다고 이야기해 주세요. 그럼 반드시 꽃이 필겁니다."

주인의 말에 그는 잠시 생각하는 듯하다가 전화를 끊었습니다.

그에게 다시 전화가 온 것은 몇 개월이 지난 뒤였습니다. 그는 매우 흥분한 목소리로 말했습니다.

"말씀해 주신대로 했더니 정말 꽃이 피었어요. 정성어린 마음으로 물을 주고 가지를 쳐주고 칭찬의 말까지 들려주었어요. 우리집의 기둥처럼 마당에 서 있는 네가 너무 든든하고 믿음직스럽나고 말을 해주었지요. 그랬더니 정말 신기하게도 꽃을 피우더라고요. 하하하…."

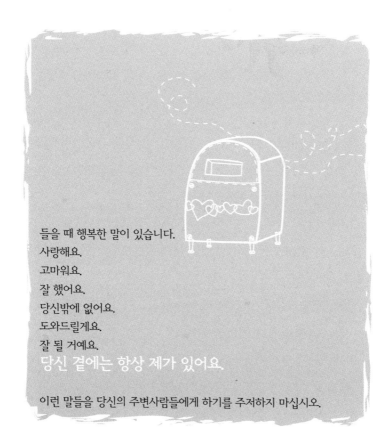

들을 때 행복한 말이 있습니다.
사랑해요.
고마워요.
잘 했어요.
당신밖에 없어요.
도와드릴게요.
잘 될 거예요.
당신 곁에는 항상 제가 있어요.

이런 말들을 당신의 주변사람들에게 하기를 주저하지 마십시오.

마음의 눈을 가진 아버지

아들은 매일 밤 책을 읽어주는 아버지가 자랑스러웠습니다. 책을 읽어주는 아버지의 목소리를 듣고 있으면 그 속으로 빨려 들어가는 착각에 빠지곤 했습니다.

"아빠, 그 책 속에는 또 뭐가 들어있어요?"

책을 꺼내들고 천천히 방으로 들어오는 아버지에게 물었습니다.

"울창한 숲과 늠름한 사자와 재빠른 원숭이가 있단다."

"저도 그 책을 좀 읽어보면 안돼요?"

아버지는 인자하지만 단호한 목소리로 말했습니다.

"나중에 네가 더 크면 그때 보여주마."

그날 아버지는 밀림을 누비면서 동물들과 어울리는 타잔의 이야기를 읽어주었습니다.

　어쨌든 아들은 아버지가 읽어주는 동화 속 이야기를 들으며, 꿈 많고 건강하게 잘 자랄 수 있었습니다.

　집안의 사정으로 이사를 하게 된 어느 날, 어린 시절 아버지가 읽어주던 책들을 상자에 차곡차곡 담고 있었습니다. 순간 자상하게 책을 읽어주던 아버지의 목소리가 들리는 듯했습니다. 아들은 책을 펼쳐보았습니다.

　"아!"

　아들은 너무나 깜짝 놀라 그만 말문이 막혔습니다. 온갖 화려한 그림과 다양한 이야기가 가득할 줄 알았던 책에는 아무것도 없었습니다. 그림은커녕 글자도 하나 없었습니다. 다만 올록볼록한 점들만 무늬를 이루어 가득할 뿐이었습니다. 그것은 점자책이었습니다. 아들은 누가 볼까봐 서둘러 책을 덮고 말았습니다.

　아들은 아버지가 책을 보여주지 않은 이유를 알 수 있었습니다. 그리고 그동안 아버지의 행동이 어딘지 모르게 이상했던 이유를 뒤늦게야 알 수 있었습니다.

　그로부터 한달쯤 지났을 무렵 아들은 교내 백일장에서 최우수상을 탔습니다. 기쁜 마음에 단숨에 달려와 아버지에게 상장과 '나의 아버지' 라는 제목의 원고뭉치를 내밀었습니다.

　"내 아들! 자랑스럽구나. 정말 대견해. 나는 너무 벅차서 그러니 당신이 좀 대신 읽어봐요."

아버지는 곁에 있던 어머니에게 원고뭉치를 내밀며 말했습니다. 그때 아들이 약간 울먹이는 소리로 그 원고를 대신 받아들었습니다.

"제가 읽을 게요. 그동안 저를 위해 아빠가 매일 밤 동화책을 읽어주셨잖아요. 이제는 제가 읽어드릴 차례예요."

아들은 자신이 쓴 원고를 천천히 읽어나갔습니다. 원고를 거의 다 읽었을 무렵 아버지의 눈에서 흐르는 눈물을 보았습니다. 아들은 입술을 깨물며 원고를 끝까지 읽었습니다. 아버지가 눈물을 감추며 어렵게 입을 열었습니다.

"내 아들이 다 컸구나. 이 아빠는 네가 상처를 받을까봐 모든 사실을 숨겨왔는데…."

아들은 비로소 참았던 눈물을 터뜨리며 울먹였습니다.

"그렇지 않아요. 전 정말 아빠가 자랑스러워요. 아빠의 이야기는 그 어느 동화책에 있는 이야기보다도 훨씬 훌륭해요."

아들은 아버지의 품에 안겨 울었습니다.

자식을 사랑하는 부모의 마음은 그릴 수도 적을 수도 없습니다.
가장 고귀한 것은 가슴으로만 느낄 수 있으니까요.

변하지 않는 영원한 사랑

결혼기념일을 맞은 부부가 분위기 좋고 깔끔한 한 레스토랑을 찾았습니다.

두 사람이 안으로 들어갔을 때 가장 먼저 눈에 보이는 것이 있었습니다. 온갖 꽃들로 장식되어 있는 창가의 테이블이었습니다. 테이블 위에는 커다란 촛불 두 개가 켜있었습니다. 한눈에도 예약석이라는 것을 알 수 있었습니다. 부부는 그 바로 옆 자리로 안내되어 앉게 되었습니다.

부부는 약간 부럽기도 하고 과연 어떤 사람들이 그 자리에 앉을지 궁금하기도 했습니다. 주문한 음식이 나오고 부부는 포도주를 나눠 마시며 결혼기념을 축하했습니다. 그러나 음식을 다먹고 꽤 많은 시간이 흘렀는데도 그 예약석의 주인은 나타나지 않았습니다. 호기심을 참지 못한 부부는 레스토랑 주인을 불러 물었습니다. 취소된 자리라면 지금이라도 그곳에 앉고 싶은 마음도 있었기 때문입니다. 그런데 주인은 뜻밖의 슬픈 사연을 들려주었습니다.

"십 년 전 오늘이었죠. 결혼식을 올린 신혼부부가 있었는데 바로 저 자리에서 축하의 시간을 가졌습니다. 바로 저렇게 꽃과 촛불로 장식을 한 채 말이죠. 그 다음 해에도 역시 같은 날 부부는 저 자리를 예약하고는 둘만의 시간을 보냈습니다. 그런데 그 이듬해 남편 되는 사람으로부터 수표가 든 편지가 날아왔죠. 부인이 그만 큰 병에 걸려 먼저 저세상으로 가고 말았으며 자신은 슬픔을 견딜 수 없어 넓은 바다를 항해하는 배의 승무원이 되었다는 소식이었습니다. 그래서 기념일에 참석할 수 없지만 죽은 부인을 위해 그때처럼 테이블을 꾸며달라는 부탁이었어요. 그분의 마음에 감동을 받은 저는 기꺼이 부탁대로 매년 저렇게 그들만의 테이블을 꾸며드리고 있답니다. 물론 남편 분께서는 매년 잊지 않고 편지와 함께 수표를 보내오고 계시고요."

주인의 이야기를 들은 부부는 가슴이 뭉클했습니다. 그런데 더더욱 부부를 감동시킨 일이 있었습니다. 계산을 마치고 나가려는데 레스토랑 지배인이 슬쩍 들려준 말 때문이었습니다.

"사실 저 테이블을 장식하는데 드는 비용은 저희 사장님이 내신 겁니다. 그분의 아내에 대한 사랑에 감동을 받으신 사장님은 보내오는 수표와 그날 벌어들인 매상까지 합쳐서 형편 때문에

결혼식을 올리지 못한 부부들의 합동결혼식 기금으로 내놓고
계십니다. 그 덕분으로 지금까지 수십 쌍의 부부가 결혼식을 할
수가 있었죠."

부부는 어느 때보다 행복하고 감격스러운 결혼기념일을 보낼
수 있었습니다.

사랑을 기념하는 것은 그 누구도 대신 챙겨주지 않습니다. 달력에 서로
의 기념일을 기억하는 동그라미를 그려보세요.
그만큼 사랑하는 마음도 커져갈 것입니다.

인생의 또 다른 투자

사업 때문에 밤낮없이 일에만 매달리던 그는 몸이 극도로 좋지 않음을 느끼고 결국 병원을 찾게 되었습니다. 의사는 그에게 피로가 누적되어 있으니 휴식을 취할 것을 권했습니다.

그는 화를 내며 의사의 말을 무시했습니다.

"난 사업을 하기 때문에 무슨 일이든 내가 직접 나서야 합니다. 매일 서류 가방을 집으로 가져가 해결해야 할 정도로 바쁜 몸인데 쉬라니요?"

그의 짜증 섞인 말에 의사가 질문을 던졌습니다.

"그런데 왜 당신은 밤까지 일을 해야만 합니까?"

"그런 어리석은 질문이 어디 있습니까? 당연히 일들을 완벽하게 처리해야 하니까 그렇죠."

"음, 누구 다른 사람이 대신할 수는 없을까요? 당신의 비서라 든가 아니면 유능한 지원을 시켜 그 일을 하게 할 수도 있지 않 습니까?"

그러자 그는 미간에 힘을 주며 대답했습니다.

"그런 소리 마세요. 그 일을 처리할 수 있는 사람은 오직 나뿐 이오. 더군다나 신속하고 정확하게 처리해야 하는 일이라 내가 직접 해야 한다구요."

잠시 생각을 하던 의사가 단호한 표정으로 자신이 내린 처방 대로 따르지 않으면 죽을 수도 있다고 말했습니다. 의사가 심각 하게 나오자 그도 어쩔 수 없이 그러겠노라고 대답했습니다.

"당신은 매일 두 시간씩 산책을 해야 합니다. 그 다음에는 일 주일에 한 번씩 하루 반나절 정도 묘지에 앉아서 시간을 보내야 합니다."

그 말에 그는 펄쩍 뛰듯 놀라며 소리쳤습니다.

"아니, 왜 내가 묘지에서 그것도 반나절을 허비하며 있어야 한단 말이오?"

"거기엔 이유가 있습니다. 묘지를 천천히 돌아보면서 그 안에 잠들어 있는 사람들을 생각하세요. 그들 대부분은 당신과 마찬 가지로 한때는 세계를 자신의 두 어깨에 짊어지고 있다고 자부 했던 사람들일 것입니다. 하지만 그들은 무덤 속에 잠들어 있을 뿐입니다. 또한 당신이 그들처럼 잠들었을 때도 세계는 지금처럼 여전히 움직이고 있음을 깨달아야 합니다."

의사의 말에 그는 고개를 깊이 숙였습니다.

어쩌면 우리는 우리가 사는 길의 끝이 어디인지, 그 길의 끝에는 또 무엇이 있는지를 잊어버리고 무작정 뛰어가고 있는지도 모릅니다. 가끔은 조용히 나만의 시간으로 돌아와 여유 있는 모습으로 주위를 돌아보는 것도 먼 길을 가야하는 우리에게 필요한 일입니다.

화단에 찾아온 행복

아파트 경비원으로 일하는 그는 한 가지 골치 아픈 문제로 속을 끓이고 있었습니다.

아파트 안에는 제법 아름답게 가꿔놓은 커다란 화단이 있었는데, 아침이면 아이들이 등교하는 길에 꼭 화단을 가로질러 걸어가면서 탐스럽게 피어난 꽃들을 몰래 꺾는 것이었습니다.

화단이 망가진다는 주민들의 원성이 높아지면서 화단에 지키고 서서 아이들을 따끔하게 야단을 치던가 아니면 방법을 세워서라도 화단을 지키라는 것이었습니다. 안 그러면 경비원 자리에서 물러날 각오를 하라는 으름장까지 받게 되었습니다. 그는 자신이 알아서 처리하겠다며 주민들을 달랬지만 막상 걱정이 앞섰습니다.

다음날 아침, 경비원은 일찍 출근해서 화단 한가운데 서서 등교하는 아이들을 기다렸습니다. 잠시 후 아이들의 모습이 하나둘 보이기 시작했습니다. 그 중 한 아이가 다가오더니 그에게 물었습니다.

"아저씨, 저기 예쁘게 핀 빨간색 튤립 한 송이만 가져가도 돼요? 여자친구한테 선물하려고요."

그는 온화한 목소리로 아이에게 말했습니다.

"저 꽃이 갖고 싶은 모양이구나. 하지만 네가 지금 꺾어가지 않고 그대로 둔다면 꽃은 더 오래 피어있을 수도 있단다. 그런데 만약 네가 지금 꽃을 꺾는다면 잠시 동안만 볼 수 있고 향기를 맡을 수 있지. 그러니까 있다가 학교가 끝나고 난 후에 네 여자친구하고 같이 와서 저 꽃을 구경하면 안 되겠니? 넌 똑똑한 아이이니까 알아서 잘 결정하렴."

아이가 한참을 서서 생각하더니 말했습니다.

"그럼 그냥 여기 두고 갈래요. 학교 끝나고 와서 다시 볼 게요."

그날 스무 명이 넘는 아이들은 그에게 같은 말을 듣게 되었습니다. 아이들은 한결같이 꽃이 시들 때까지 그대로 화단에 두겠다고 약속했습니다.

그날 오후에 더 많은 아이들이 화단에 몰려왔지만 꺾여진 꽃은 한 송이도 없었습니다. 단지 그날부터 더 많은 사람들이 화단에 찾아와 꽃과 함께 행복한 시간을 보낼 수 있었습니다.

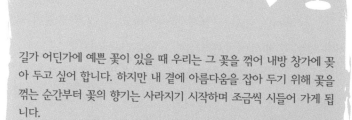

길가 어딘가에 예쁜 꽃이 있을 때 우리는 그 꽃을 꺾어 내방 창가에 꽂아 두고 싶어 합니다. 하지만 내 곁에 아름다움을 잡아 두기 위해 꽃을 꺾는 순간부터 꽃의 향기는 사라지기 시작하며 조금씩 시들어 가게 됩니다.

그 꽃은 그것이 있던 처음자리에 있을 때 향기를 잃지 않고 가장 오랫동안 아름다울 수 있는 것입니다. 함께 나누는 기쁨과 행복은 우리가 세상을 살아가는데 필요한 청량제입니다.

가장 크고 넓은 사랑

한 여인이 마당을 쓸다가 대문 밖에 웅크리고 앉아있는 세 노인을 보게 되었습니다. 낯선 노인들이었지만 그대로 지나칠 수 없는 모습이었습니다. 매우 지치고 허기져 보였기 때문에 그녀는 노인들에게 다가가 말을 건넸습니다.

"저, 실례지만 매우 시장해 보이시네요. 입에 맞으실지 모르지만 저희 집에 들어가셔서 음식을 좀 드시겠어요?"

그러자 한 노인이 물었습니다.

"집에 부인의 남편이 있습니까?"

조금은 황당한 질문이라 그녀는 잠시 머뭇거렸지만 대수롭지 않게 대답을 했습니다.

"아뇨. 지금은 직장에 가고 집에 없는데요."

그러자 노인들은 입을 모아 말했습니다.

"그렇다면 우리는 들어갈 수 없소이다."

고개를 갸웃거리던 그녀는 별 수 없이 집으로 들어왔습니다. 몇 시간 후 남편이 퇴근을 하고 돌아왔습니다. 그녀는 남편에게 낮에 있었던 일을 들려주었습니다. 그러자 남편은 자신이 집에 왔으니 노인들을 안으로 모시라고 말했습니다.

그녀는 밖으로 나가 노인들을 다시 정중하게 초대했습니다. 그러나 남편이 집에 있다는 말에도 노인들은 쉽게 집으로 들어가지 않으려고 했습니다. 답답한 그녀가 이유를 묻자 한 노인이 설명을 했습니다.

"우리는 각자 부와 성공 그리고 사랑을 줄 수 있는 사람들입니다. 그러니 안으로 들어가서 누가 당신 집에 들어가기를 원하는지 남편과 의논을 하세요."

그 말을 전해들은 남편은 뛸 듯이 기뻐했습니다. 그는 의논할 것도 없다며 소리쳤습니다.

"물론 부를 가져다 줄 노인을 초대해야지. 그 노인을 어서 안으로 불러 우리를 부자로 만들어줄 비법을 듣자고!"

하지만 그녀는 남편의 말에 찬성하지 않았습니다.

"제 생각에는 성공을 초대하는 것이 낫겠어요. 성공하면 돈은 물론 명예까지 얻을 수 있잖아요."

그때 마침 자기 방에서 나오던 딸이 부모님의 대화내용을 듣고는 정색을 하며 말했습니다.

"엄마 아빠, 지금 무슨 소리예요? 사랑을 초대해야죠. 그래야 우리 집이 사랑으로 가득 찰 게 아니예요?"

잠시 망설이던 부부는 딸의 말을 따르기로 했습니다.

그녀가 밖으로 나가 사랑을 가져다줄 노인을 모시고 들어왔습니다. 그런데 그 노인이 집안으로 한 발짝 성큼 들어서자 부와 성공을 줄 다른 노인들도 뒤를 따라 들어왔습니다. 깜짝 놀란 그녀가 노인들에게 물었습니다.

"저희는 사랑을 주실 이 노인만을 초대했는데요."

그러자 세 노인이 한 목소리로 대답을 했습니다.

"만약에 당신들이 부나 성공을 초대했다면 우리 가운데 다른 두 사람은 따라 들어오지 않았을 겁니다. 그러나 당신들은 사랑을 선택했어요. 사랑이 가는 곳에는 늘 부와 성공이 따르기 마련이지요."

우리는 대부분 눈앞의 부나 성공을 먼저 선택할지도 모릅니다. 그러나 사랑보다 값진 것은 없습니다. 사랑이 가득한 사람은 비록 화려하지 않을지 몰라도 많은 사람에게 부러움을 사게 되니까요. 이름난 재벌도, 성공을 통해 높은 지위에 오른 사람도 사랑 없이는 그것을 오래 지키지 못하는 것입니다. 사랑은 그래서 모든 것을 소유하게 하는 커다란 힘인 것입니다.

단 하나뿐인 소중한 아이

   세 명의 여자가 무거운 시장바구니를 들고 나란히 집으로 향하고 있습니다.

   짐이 무거워서인지 그녀들의 걸음은 느리게만 보였습니다. 그녀들의 뒤를 따라 웬 노인이 계속 같은 간격을 유지하며 걷고 있었습니다.

   한 여자가 아들 자랑을 늘어놓기 시작했습니다.

   "우리 아들은 정말 똑똑하고 거기다가 스포츠라면 아무도 그 애를 당해내지 못한다니까."

   그러자 가운데 있는 여자가 뒤질세라 받아쳤습니다.

   "우리 애는 노래에 뛰어난 소질이 있어. 정말 타고난 음악가라니까."

그런데 세 번째 여자는 아무런 말이 없었습니다. 두 여자가 별스럽다는 듯 쳐다보며 물었습니다.

"자기는 왜 아들 얘기 안 해?"

그러자 그녀가 빙긋 웃으며 대답했습니다.

"뭐 자랑할 만한 게 있어야지. 우리 아들은 아무것도 내세울 게 없는 평범한 아이거든."

그녀들이 사는 동네가 가까워질 무렵 공터에서 놀던 세 명의 아이들이 뛰어왔습니다. 온몸이 흙투성이인 아들을 본 첫 번째 여자가 흐뭇한 미소를 지으며 반겨 안았습니다. 두 번째 여자도 아들을 보더니 얼굴에 미소가 돌았습니다. 그런데 세 번째 여자의 아들은 어머니를 보더니 빙그레 웃더니 어머니의 시장바구니를 받아들고는 말없이 집으로 향했습니다.

그때까지도 뒤를 따라오던 노인에게 두 명의 여자들이 자랑스럽게 물었습니다.

"영감님이 보시기에 어떠세요? 저희 아이들 대견해 보이죠?"

그러자 노인이 고개를 갸우뚱거렸습니다.

"아이들이라니? 난 아이라고는 한 명밖에는 보지 못했는걸."

두 명의 여자들은 노인의 말을 얼른 이해하지 못하고 두 눈만 끔뻑거릴 뿐이었습니다.

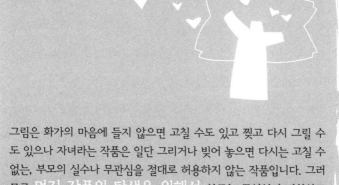

그림은 화가의 마음에 들지 않으면 고칠 수도 있고 찢고 다시 그릴 수
도 있으나 자녀라는 작품은 일단 그리거나 빚어 놓으면 다시는 고칠 수
없는, 부모의 실수나 무관심을 절대로 허용하지 않는 작품입니다. 그러
므로 멋진 작품의 탄생을 위해서 부모는 끊임없이 변화하고
성장하여야 합니다.

탐욕이 만들어낸 파멸

한 남자가 길을 걷던 중 값비싼 보석이 길가의 흙에 묻혀 있는 것을 발견하게 되었습니다. 그는 주위를 살피며 조심스럽게 보석을 집어들었습니다. 그런데 그때 그의 귀를 후벼 파는 듯한 목소리가 들려왔습니다.

"나는 누구에게도 해를 주고 싶지 않아 여기에 숨어 있는 거랍니다. 나를 갖는 사람들은 모두 불행을 당하거나 죽게 되었지요. 만약 당신이 나를 소유한다면 당신도 예외는 아닐 거예요. 욕심을 버리세요. 탐욕은 늘 불행을 자초하는 위험한 짓이랍니다. 행여 나를 소유한다고 해도 당신은 밤낮으로 나를 지키기 위한 노력을 해야 할 거예요. 그래서 이웃을 의심하고 가까운 가족마저 믿을 수 없는 사람으로 만들 게 될지도 모릅니다."

그러나 이미 탐욕에 눈이 먼 그는 아무 말도 들리지 않았습니다. 그는 보석을 쓰다듬으며 조심스럽게 손에 꽉 쥐었습니다.

다시 보석이 마지막 부탁인 듯 애절한 목소리로 말했습니다.

"어쩔 수가 없군요. 그렇다면 한 가지 명심하세요. 아무에게도 나에 관해서 말하지 마세요. 굳이 나를 갖고 싶다면 단단한 금고 속에 넣어두세요. 그럼 어느 정도는 안전하고 행복한 삶을 살 수 있을 거예요."

그러나 그는 보석의 마지막 부탁마저 일축해버렸습니다.

"웃기는 소리 마. 널 가져가서 우선 반짝반짝하게 빛을 내겠어. 그리고 사람들에게 자랑을 하고 아주 비싸게 팔 거야. 그럼 나는 유명해지고 부자가 될 수 있겠지."

그때 마침 그곳을 지나던 세 명의 강도가 남자의 목소리를 듣게 되었습니다.

"이놈! 네 손에 든 그것이 뭐냐?"

깜짝 놀란 그는 대충 얼버무려 대답했습니다.

"아, 아무것도 아니오."

그러나 강도들은 이미 그것이 보석임을 눈치 챈 뒤였습니다.

"순순히 말할 때 당장 내놔!"

강도들은 험악한 인상을 쓰며 칼을 꺼내들더니 반항하는 그의 손목을 베어버렸습니다. 보석은 그의 손과 함께 땅에 떨어졌습니다.

"이 나쁜 놈들아! 어서 그 보석을 돌려줘!"

그는 피를 흘리며 절규했지만 아무 소용이 없었습니다.

보석을 손에 쥔 강도들은 너무 기쁜 나머지 그 자리에서 덩실덩실 춤을 추었습니다. 그때 보석의 충고가 들려왔습니다. 보석은 남자에게 했던 것처럼 탐욕이 부르는 불행에 대해 충고의 말을 아끼지 않았습니다.

"그러니 나를 소유하는 것은 고통만을 껴안는 일이예요. 나를 버리고 그냥 가세요."

하지만 세 명의 강도들은 보석의 충고를 무시한 채 서둘러 그곳을 벗어났습니다. 그런데 문제가 생겼습니다. 보석 주인은 세 명인데 보석은 하나라는 사실을 그들은 뒤늦게 깨달은 것입니다.

강도 중 우두머리가 먼저 시커먼 속셈을 드러냈습니다.

"내게 좋은 생각이 있어. 이걸 내가 갖고 가서 팔아올 테니까 그때 돈을 나누자."

하지만 같은 속셈을 품고 있던 나머지 강도들이 선뜻 찬성할 리가 없었습니다.

"무슨 소리야. 달리기가 빠른 내가 팔아오는 게 낫지."

다른 강도 역시 자신의 속내를 드러냈습니다.

"웃기는 소리들 하네. 우리들 중에서 가장 힘이 센 내가 갔다오는 게 훨씬 안전해."

결국 강도들은 옥신각신하더니 칼부림까지 하게 되었습니다. 결국 세 사람 모두 큰 상처를 입은 채 피를 흘리며 쓰러졌습니다. 그들은 죽어가면서 떨어진 보석을 안타깝게 바라볼 뿐이었습니다. 그때 비통한 어조로 보석이 말했습니다.

"아, 이 세 사람들마저 죽어가는군. 앞으로 얼마나 많은 사람들이 죽게 될지…."

노동이 없는 부는 죄악이라고 했습니다. 탐욕에 눈이 어두워 한순간의 행운을 좇거나 요행을 바란다는 것은 결국 파멸을 재촉하는 일입니다. 쉽게 얻어지는 것은 그리고 탐욕의 손으로 쥐는 것들은 결코 행복을 가져다주지는 않습니다.

고통과 평화의 공존

어느 깊은 산골에 사는 노인이 평화를 나눠준다는 소문이 들려왔습니다.

그 소식을 들은 기자는 취재를 하고 싶다는 생각이 들었습니다. 마침 며칠 전 고통을 안겨주기만 한다는 노인이 공교롭게도 그 산 근처 어딘가에 산다는 말을 들었기 때문에 두 사람을 취재하면 그럴듯한 기사 하나가 나올 것만 같았습니다. '고난을 피해 평화를 얻는 길'이 바로 그것이었습니다.

기자는 망설임 없이 그곳으로 달려갔습니다. 어느 쪽이든 기사거리가 될 것이라고 생각했습니다. 마감이 코앞인데 마땅한 기사거리가 없어 전전긍긍하던 그에게는 지푸라기라도 잡는 심정이었습니다. 노인이 산다는 산 입구에서 기자는 지나는 사람에게 물었습니다.

"저 산에 평화를 나눠준다는 노인이 산다는데 정확히 어디쯤인가요?"

"이 산길로 한 십분만 걷다보면 너와집 한 채가 나올 게요. 바로 그곳에 살지요."

"그럼 고난을 준다는 노인의 집은 거기서 먼가요?"

"그 양반도 같은 집에 살고 있소."

기자는 놀랐습니다. 정반대의 일을 하는 두 사람이 한 집에 산다면 매일 싸울 것이 분명했기 때문입니다.

산길을 따라 들어가니 정말 오래된 너와집 한 채가 있었습니다. 조심스럽게 마당으로 들어서니 백발의 흰수염 노인이 의자에 앉아있는 게 보였습니다. 노인은 커다란 항아리를 놓고 그 안에 무언가를 던지고 있었습니다. 자세히 보니 공처럼 둥근 모양이었는데 크기가 다양했습니다. 기자가 공손한 태도로 다가가 말했습니다.

"할아버지 지금 뭐 하십니까?"

"몰라서 물어? 평화를 나눠주는 연습을 하잖아. 내가 이 공을 던져 맞추면 그때부터 그놈들이 평화를 얻는 거야."

기자는 불현 노인이 사기꾼이 아닐까 하는 의구심이 들었습니다. 기자는 노인 옆에 수북하게 쌓여있는 공 하나를 집어 들고는 유심히 살펴보았습니다. 그런데 공에는 고난, 역경, 두려움 등의 글자들이 적혀있었습니다. 다른 공들도 마찬가지였습니다.

"아니 할아버지, 이건 평화가 아니잖아요?"

기자의 말에 노인이 공을 빼앗더니 껍질을 벗기기 시작했습니다. 몇 겹의 껍질을 벗기고 또 벗기자 놀라운 일이 벌어졌습니다. 그 안에서 황금색의 찬란한 빛을 발하는 공이 나왔습니다. 그 공에는 분명 '평화'라는 글자가 선명하게 새겨져 있었습니다.

"바로 이게 평화야. 이 공을 맞는 놈들은 우선 고난과 역경을 맛봐야 하는 거야. 그런 다음 그것들을 벗어내면 그때서야 눈부신 평화와 행복을 얻을 수 있는 거지."

기자는 돌아와 기사를 쓰기 시작했습니다. 우리에게 고난이 닥치고 역경이 드리워지는 것은 곧 평화를 얻기 위함이라는 주제였습니다. 두려워하지 말고 그것들을 이겨나갈 때 우리는 진정한 행복에 발목을 담글 수 있다는 내용으로 기사를 작성했습니다.

그리고 다시 한번 노인의 가르침에 고개를 끄덕였습니다. 도망치고 싶을 만큼 피 마르는 마감에 쫓겨 허덕이던 자신이 결국에 얻은 것은 기쁨이자 평화였기 때문입니다.

인생은 우리에게 행복과 고난을 안겨주지만 우리는 그것을 선택해서 받아들일만한 권리는 없습니다. 행복과 고난은 전혀 다른 별개의 것이지만 그 두 가지는 언제나 나란히 놓여 있답니다.
행복과 고난의 끝에서도 언제나 지금의 순간에 감사하고 최선을 다하며 내 곁에 있는 사람을 소중하게 생각할 줄 안다면 당신은 이미 행복한 사람입니다.

DO IT NOW

강의를 하던 영문과 교수는 보고 있던 원서를 덮더니 뒤돌아서서 칠판에 무언가를 적기 시작했습니다. 학생들은 집 중하기 시작했습니다.

'당신이 만약 3일 후에 죽는다면?'

학생들은 교수의 난데없는 질문에 황당하면서도 흥미를 느꼈 습니다. 우리가 만일 3일 후에 죽게 된다면 당장 하고 싶은 일이 무엇인지 아니면 꼭 해야 할 일이 무엇인지 생각해보자는 것이 었습니다.

교수는 앞에 서서 학생들이 생각할 시간을 충분히 준 뒤에 진지하게 물었습니다.

"자, 충분히 생각했을 것이다. 이제 우리에게 주어진 시간이 3일 밖에 없다면 어떤 것들을 해야 할지 각자 세 가지만 말해 봐라."

교수의 말에 평소 떠벌이기 좋아하던 한 학생이 손을 들었습니다.

"일단 시골에 계신 부모님께 전화를 드리고 나서 애인이랑 여행을 떠나겠습니다. 참, 그리고 얼마 전 싸워서 만나지 못하고 있는 친구에게 문자나 날리고…. 그럼 사흘이 후딱 가지 않겠어요?"

학생들은 제각기 하고 싶은 일들을 말하기 시작했습니다. 그런데 대부분 엇비슷한 내용들이었습니다. 부모님을 모시고 여행가서 근사한 식당에서 마지막 식사를 즐긴다. 아니면 사랑하는 사람하고 당장 결혼식을 올리고 신혼여행을 간다. 반대로 사귀던 여자친구들을 정리해 마지막이나마 순결한 영혼이 되겠다. 두 달 남은 휴대폰 할부금을 미리 갚고 양심껏 떠나겠다. 그동안 방안에 앉아 삶을 정리하고 마지막 일기를 쓰겠다 등등…. 그나마 부모님에 대한 애정이 빠지지 않아 다행이었습니다.

학생들의 여러 가지 생각을 듣고 있던 교수가 입을 굳게 다물었습니다. 실망한 표정으로 몸을 돌려 칠판에 다시 무언가를 쓰기 시작했습니다.

"DO IT NOW!(지금 하라!)"

강의실은 별안간 찬물을 끼얹은 듯 조용해졌습니다. 학생들은 교수의 설명을 기다리듯 모두 숨을 죽이고 고개를 빼고는 앞쪽을 바라보았습니다. 하지만 교수는 그 말만을 남겨놓고는 강의실 밖으로 나가버린 뒤였습니다.

당신은 지금 어떤 일을 실행에 옮기려하고 있습니다. 그 일을 하기에 최고의 날은 언제나 오늘입니다. 그리고 최악의 날은 언제나 내일입니다. 빨리 시작하지 않으면 최고의 날은 최악의 날로 바뀌어 버립니다. 아무것도 실천하지 않고 일생을 끝마치는 사람의 달력에서 최고의 날은 항상 내일입니다. 늘 내일만 생각하다가 결국 아무것도 실행하지 못한 채 끝나버리고 마는 것입니다.